그림자의 눈물

이 창작집 발간은 서울예술대학 2021학년도 교원연구년수혜에 의하여 이루어졌습니다.
이 책은 경기문화재단, 경기도의 지원으로 발간되었습니다.

그림자의 눈물

장 성 희

지혜

깍두기 아이

어릴 적 놀이에서 나는 대부분 깍두기 역할을 맡았다. 편을 먹어야 할 때 수가 남으면 나 자신이 자처해 품 너른 아이인 척했으나 (사실 둔한 내가 끼면 게임에서 이기기가 불리하니) 함께 노는 아이들의 무언의 압박을 느꼈기 때문이기도 했다.

연극동네에서도 나는 깍두기였지 싶다. 극작가라는 뒷광대, 특히 아동극에서 작가의 역할에 대한 몫은 거의 '깍두기 아이'에 가깝다. 대본이야 있어도 되고, 없어도 가능하며 연극의 활력 속에서 존재감이 삼켜지고 마는 것이 작가 아닌가? 그럼에도 불구하고 주변부에서 서성이더라도 함께 할 수 있다는 것만으로도 기쁜 일이 아동극을 만드는 일이었다.

아동극 '놀이터'에 나를 끼워준 분들에게 이 자리를 빌어서 감사드린다. 극단 연우무대의 대표였던 정한룡 선생님은 배우들과 협업하는 방식을 통해 나의 첫 아동극 「그림자의 눈물」을 쓰도록 길을 열어주셨다. 국제아동청소년연극협회한국본부(아시테지 코리아)는 언제나 든든한 응원과 지원을 아끼지 않았다. 특히 김병호 이사장님은 홍콩아동극창작워크숍을 이끌도록 기회를 주셨고, 오키나와 키즈므나 페스티벌 동행을 통해 아동극의 깊이를 엿볼 수 있게 해주셨다. 김숙희 이사장님은 세계아동극의 동향과 명작을 볼 수 있는 기회와 자극을 지속적으로 베풀어 주셨다.

함께 아동극 작업을 한 연출가들께도 감사드린다. 극단 움틈 최은승 연출가의 의뢰로 태어난 「내친구 곰곰이」, 가족극에 도전하도록 제안해준 강서구립극단 예술감독 송미숙 선배, 『미녀와 야수』를 원작 삼아 국립창극단 작업을 함께 하자고 손을 내밀어주신 임도완 연출가, (스리랑카 그림책)『우산도둑』재창작 작업을 통해 아동극 만들기의 기쁨을 다시 일깨워준 극단 나나다시, 어린이 관객과 만나는 진지한 방식을 배운 이야기꾼의 책공연의 황덕신님과의 인연도 생각난다. 그리고 이십 년 세월 넘게 함께 아동극을 보러 다닌 평론가 동료들과의 깊어가는 우정에도 감사한다.

이 극본집에 실린 6편 중 앞에 놓은 4작품은 관객을 만났고 「눈꽃빙수 먹는 날」, 「12월의 호두까기인형」 2편은 세계명작동화를 재창작하는 시도를 오래 전 해본 것이다. 무대를 위한 대본을 찾는 현장 창작자들의 작업에서 멀리뛰기 위한 첫 지지대가 되었으면 한다.
아동극은 내겐 '신기한 샘물' 같은 것이었다. 이제 이 책을 세상에 내보내고 나면 나의 연극하는 마음은 다시 젊어질 것이다.

- 2021년 가을 위드 코로나 실행을 앞둔 시기,

제주 동쪽에서 쉬어가며 적다.

목차

그림자의 눈물

등장인물

· **아이**

· **그림자**

· **동행자들**　　　　　　　　　　　　　신발 한 짝

　　　　　　　　　　　　　　지붕 위 유치幼齒 – 이빨

　　　　　　　　　　　　　　　　　　　손톱

　　　　　　　　　　　　　　　　　　　코딱지

· **남자**　　　　　　　　　　　　　　　통계 내는 사람

· **노벨 박사**

· **마법사**　　　　　　　　　　　　　　무기상

· **수행원들**

· **검은 새**

· **신기료 할아버지**

· **그 밖, 거리 풍경들**

　　　전봇대, 우체통, 강아지, 고양이, 은행나무, 팽나무 등

그림자의 눈물

(보름달이 환하다. 저 먼 과거에서 들려오듯 아련하게)

소 리   밟았다!

술래!

(아이들의 웃음소리)

밟았다!

니가 술래!

(대조적으로)

컴퓨터 게임 속 격렬한 효과음

아 이   (소리만) 죽어라, 나쁜 자식! 죽어버려! 넘어오면 죽어!

본때를 보여주마! 전쟁이닷!

유혹적인 소리   큐빅스 무선 배틀 게임! 이제는 떨어져서 전투한다. 적외

선 포트 배틀 기능, 5미터 거리에서도 완전 폭격!

(아이, 가상의 모니터 앞에 앉아 게임에 몰두하고 있다)

아 이   바바바바바! 뚜다뚜다다 펑요, 펑요! 악의 세력을 섬멸하

라! 2단계 진입, 만 칠천 점 확보!

(점수기록이 갱신될 때마다 괴성을 지른다. 캐릭터가 무기를 휘두르는 모습을 그대로 흉내내본다)

아 이   좋았어! 한 놈 제치고, 두 놈 제치고! 적 완전 섬멸!

(이때 그림자 하나가 소년 뒤에 붙는다. 순간적으로 고꾸라진다)

아 이   어억, 누구야?
         으악 엄마! 내 방에 누가 있어!
         (도망치려 한다. 그림자가 따른다)
         엄마야, 뭐야? 저리 가! (황당해서) 내 내 그림자가 두 개야.

(그림자, 고개를 끄덕인다)

(아이, 줄인형처럼 팔다리를 움직여보는데 그림자가 그대로 따라한다)

아 이   이게 뭐야? 어떻게 된 거지?

저리 가! 저리 가! (휘둘러보지만 통과할 뿐이다)

(그림자, 다시 아이 뒤에 가 붙는다)

와, 미치겠네. 어디서 나타난 거야? 내 그림자가 아니잖아? 봐, 난 그림자가 있어. 이게 내 거야. 너, 잘못 찾아 온 거 아냐?

(그림자, 더욱 더 들러붙는다)

이건 꿈이야!

(아이는 벽에 붙기도 하고, 드러눕기도 한다. 그러나 그림자는 완강히 따라붙는다. 결국 커튼을 치고, 전등 스위치를 내린다. 어두워진다. 그제야 그림자가 보이지를 않는다. 안도의 한숨, 다시 스위치를 켠다. 그림자, 다시 나타나 있다. 스위치 껐다 켰다 반복, 그림자 사라졌다 나타났다 반복된다)

아 이   아아, 어떡해! 어? 내일 체육시간 있는데! 달리기는 내가 제일인데! 그림자 두 개를 달고 어떻게 뜀담! 빨리 뛰면 안 보일지도 몰라! 운동장엔 숨을 곳도 없잖아? 모두들 괴물 나타났다고 손가락질 할 거야. 그림자가 두 개인 사람이 어딨어? 들키지 않으려면 양호실에 누워있어야 할 거야. 어디서 생겨났지? 불량식품을 사먹었나? 아아, 엄마가 월요일엔 게임하지 말랬는데. 화장실에서 붙었나? 맞아! 우리 학교 화장실엔 귀신이 산다고 그랬어. 무서워! 잘못했어요. 잘못했어요. 아냐, 정체를 밝혀라! 누가 보낸 첩자냐?

(그림자, 한숨을 쉰다)

아 이　　　어디서 왔니? 어느 칠칠한 녀석이 흘리고 간 거냐? 그림자를 흘리고 다니다니 바보! (객석으로 다가와서) 여보세요? 그림자 잃은 친구 없나요? 그림자 주인 없어요?

2. 거리에서

아 이　　　그림자의 주인을 찾습니다! 그림자 잃은 사람 없어요? 그림자 주인 아니세요?

(객석으로 내려가 발밑을 살펴본다. 모두들 그림자가 무사히 있다. 낭패다. 이때 무역상 같은 양복차림의 남자 007가방을 들고 바삐 지나간다)

아　이　　　　아저씨, 그림자 있어요?

（남자, 가방을 열어 보인다. 돈이 가득 들었다. 보석을 주
렁주렁 걸친 아줌마, 헐레벌떡 지나간다）

아　이　　　　아줌마, 그림자-

（아줌마 그림자의 꼬리엔 가격표가 잔뜩 붙어있다）

（아이는 여기 저기 기웃대다가 길을 막는 무언가에 부딪
친다. 화가 나서 발로 찬다. 전봇대다）

아　이　　　　그림자-

（전봇대의 그림자 길이가 쭈욱 늘어난다）

아　이　　　　（길에 서있는 배불뚝이 우체통에게） 그림자-
우체통　　　배고파, 배가 고파! 하루 종일 겨우 편지 한통, 엽서 두
장, 카드 한 장, 배고파! 너무 배고파!
아　이　　　　（휑 돌아서서 가로수에게） 나무야, 은행나무야, 혹시 그
림자-

(은행나무, 고개를 흔든다)

아 이　　저, 혹시 니 그림자 단풍나무 거 아닐까?

(은행나무, 아이의 머리를 한 대 쥐어박는다)

아 이　　아야!

(야옹 야옹 울면서 고양이 지난다)

아 이　　야옹아, 멸치 한 마리 줄게. 이 그림자 좀 물어가다오.
　　　　(멍멍, 전봇대에 오줌 누는 개에게) 강아지야, 니 그림자
　　　　젖었어! 새 그림자 줄게. 꽉 물고 갈래?
　　　　(모두 사라지자) 아아- 난 이 그림자의 포로가 돼버렸어.
　　　　억울해!

(지쳐서 앉는다. 그림자, 등에 기대어 앉는다)

그림자　　도와줘. 난 나를 잃었어. 나를 도와줘. 나를 찾도록 도와줘.
아 이　　왜 나야? 하필이면 왜?

(이때 팽나무 한 그루 아이의 어깨를 톡톡 친다)

팽나무　　가자가자 감나무 오자오자 옻나무 고뿔 걸려 팽나무! 팽!
　　　　　아가야, 뭐가 걱정이냐?

아　이　　혹시 그림자 안 필요하세요?

팽나무　　그림자? 내 그림자는 잘 있다만, 왜 그러지? (뽐내며) 달
　　　　　밤에 내 그림자는 정말 멋지지! 사람들이 밤길을 가다가
　　　　　내 그림자를 보면, 으헝!(놀래키는 시늉) 놀래서 막 뛰어
　　　　　도망간단다. 그럼 난 그 모습을 보고 껄껄껄 웃지! 내 그
　　　　　림자는 날 즐겁게 해줘.

아　이　　(기운 없이) 좋겠네요.

팽나무　　얘는 …집을 나온 그림자로구나!

아　이　　답답해! 들러붙어서 떨어지질 않아요.

팽나무　　지우개로 지워봐.

아　이　　지우개로? (문득 생각난 듯이 발로 그림자를 뭉갠다. 그
　　　　　렇지만 그림자는 여전히 또렷하다)

팽나무　　안 지워지네? …이쪽 실개울에 띄워봐! 종이배처럼. 멀리
　　　　　멀리 떠내려 갈지도 몰라.

아　이　　! (그림자를 실개울에 비춰본다. 떠내려가기는커녕 더 달
　　　　　라붙는다. 다시 울상)

팽나무　　얼른 저쪽 공원 입구까지 뛰어갔다 오렴. 그림자가 눈치

채지 못하게 빨리!

아 이   (숨을 헐떡이며 뛰어들어온다) 아, 아무리 빨리 달려도 그
           림자는 떨어지지 않아요.

팽나무   흠, 뗄 수가 없다. 옳지! 좋은 수가 있다. 뗄 수 없다면 그
           림자를 색종이처럼 착착 접어서 딱지를 만들자!

아 이   (옷을 개듯이 그림자를 착착 개어보려 하지만 아무래도
           그림자는 손에 잡히지 않는다) 안 돼! 그림자는 접히지 않
           아. 발로 지워도, 물로 씻어도, 그림자는 없어지지 않아.
           어떡하지?

팽나무   (한숨) 하는 수 없지. 그림자 아가야, 나한테 온! 내 가지
           엔 새들이 한 마리, 두 마리, 세 마리, 수십 마리 깃들지!
           아무렴 어떠냐? 그림자도 여러 마리 깃들 수 있을 거야.
           (자랑스레 나무 가지를 알통처럼 보여주며 으스댄다)

아 이   (반색을 하며) 고마워요! 팽나무 아저씨! 자, 가! 이 나무
           한테 업혀 있으면 네 진짜 주인을 만날 수 있을지도 몰라.
           이 길목은 사람들이 아주 많이 지나다니거든! 잠들지만
           않는다면, 곧 주인을 만날 수도 있을 거야. (그림자를 밀
           어내려 하지만 그림자는 완강히 들러붙어 꼼짝도 않는다)

팽나무   팽! 내가 코찔찔이 감기 환자라서 싫은 게로구나. 팽!

아 이   제발 가 줘. 부탁이야. 난 그림자 두 개랑은 살 수 없다고.
           내일은 내가 제일 좋아하는 체육시간이거든! 널 업고 달

릴 수는 없어. 아아, 1등은커녕 구경거리가 될 거야. 으으, 들키면 동물원에 잡혀갈지도 몰라. 끔찍해!

그림자　　날 도와줘. 난 나를 찾아야 해.

아　이　　아아, 진드기!

(아이가 무릎 새로 고개를 파묻자 그림자도 따라 웅크린다)

아　이　　떼어낼 방법이 없나? (사이) 좋아! 주인을 찾아주겠어! 꼭 떼어내고 말테다!

(아이, 집으로 달려가 길 떠날 짐을 꾸린다. 조그마한 보퉁이를 어깨에 둘러맨다. 목도리도 한다)

아　이　　자, 떠나자!

그림자　　어디로?

아　이　　네가 온 곳으로!

그림자　　거긴 아무 것도 없어. 흙먼지만 자욱한 걸!

아　이　　어쨌든 가! 누군가 널 알고 있을 거야. 난 지금부터 사건을 맡은 탐정이야! 너의 주인을 찾아줄 거야. (한숨) 무슨 탐정이 조수 하나 없어?

신　발　　(툭 튀어나오며) 내가 조수 할게! 우린 어디든지 함께 갔잖아.

아 이	어휴! 넌 작아서 이젠 못 신어! 마루 밑에 얌전히 있어.
신 발	싫어! 넌 나랑 항상 같이 다녔잖아! 놀이동산 갈 때도 나랑 갔잖아. 도깨비 집에 갈 때도 나랑 갔고, 가재랑 버들치 잡으러 갈 때도 나랑 갔잖아.
아 이	쳇! 한 짝만 남은 주제에!
소 리	나도 갈래!
아 이	넌 또 뭐야?
손 톱	네가 깎아 버린 손톱! 날 데려가, 어두운 길을 비춰줄 초승달이 돼줄게.
소 리	손톱 주제에 길 밝힌다는 소린 첨 듣네. 날 데려가! 나는 꼭 도움이 될 거야.
아 이	넌 뭐냐?
이 빨	지붕 위에 던져놓은 이! 대문니, 옹니, 뻐드렁니, 충치 먹은 어금니! 우리는 한 지붕 한 가족! 지붕 위엔 네가 태어나기 훨씬 전부터 던져놓은 이도 있어. 날 데려가면 도움이 될 걸!
소 리	(작은 소리) 나도 가고 싶은데… 나도 가고 싶어.
아 이	너는 뭐냐?
모 두	나와! 정체를 밝혀!
신 발	안 나오면 빵 차버린다—

이 빨	안 나오면 꼭 물어버릴 거야.
손 톱	안 나오면 확 할퀴어 버린다—

(무언가 굴러 나온다)

모 두	쟤, 코딱지 아냐?
손 톱	아이고, 더러워!
코딱지	심심할 땐 나하고 놀았잖아?
손 톱	내가 언제?

(소년, 어느새 손가락으로 콧구멍을 후빈다. 코딱지, 소년
을 가리킨다)

| 이 빨 | 쟤, 개미들한테 납치된 적도 있어. 개미들이 작전회의 하
고 있는 것 다 들었거든. 먹이 창고로 옮겨져서, 맛있게도
냠냠! 어떻게 도망쳤냐? |
|---|---|
| 코딱지 | 맛없대, 짭짤해서. (간절히) 나도 가, 으응? |
| 신 발 | (사이, 한숨) 그래, 타! (모두들 신발에 올라탄다) |
| 소 년 | 좋아! 너희 넷은 내 조수야! 대장은 나야! 내 명령을 따를
것! 알았지? |
| 모 두 | 으응— |

소 년   출발! 그림자가 온 곳으로.

         (모두 한마디씩) 어디서 왔지?

         빛을 따라 먼 곳에서

         어디로 가지? 빛의 속도로!

         언제나 빛보다 먼저!

         어서 가자! 빛의 꼬랑지를 잡고서

         회오리 바람 불어오는 저 먼 곳으로

         (아득한 곳에서 포성이 울린다)

마을

소 리   (허밍으로 시작했다가 점차 그로테스크하게)

         개나리 노오란 꽃그늘 아래 가지런히 놓여있는 꼬까신 하나

         아기는 사알짝 신 벗어 놓고 맨발로 한들한들 나들이 갔나

         가지런히 놓여있는 꼬까신 하나.

         (지친 아이, 일행들, 그림자는 그들의 그늘이 되어준다)

아 이 헉헉헉헉! 멀리서두 왔다. 어떻게 이렇게 먼 곳에서 날 찾을 수 있었어?

그림자 네 방 창이 제일 환했거든.

아 이 일찍 불 끄고 잘 걸!

이 빨 아무도 없어. 이 마을엔 왜 아무도 없을까?

(신발 무덤만이 여기 저기 보인다. 그림자는 왠지 발걸음이 안 떨어진다. 신발 한 짝, 어리둥절하지만 신발더미에 매우 관심을 보인다. 제 짝을 찾는 것 같다. 그러나 놓인 신발은 대부분 먼지투성이거나 몹시 해져있다. 키만큼 자란 잡초그림자만이 흔들린다)

소 리 이리 온, 주인 잃은 그림자야. 네 집은 여기 어둠 속이다. 이리 온. 그림자야.

(그림자, 뒷걸음질 친다. 아이조차 움찔 그림자에 딸려간다. 일행들도 무서움을 느낀다. 이때 다시 포성이 울려온다. 두루마리 통계표를 대관식용 망토처럼 걸치고 남자 등장. 먼 곳에서 걸어온 기색이다. 통계표의 끝자락이 끝이 안 보이도록 길다. 남자는 통계표 자락을 감아가며 중얼거린다)

아 이	(반가이) 안녕하세요?

(남자, 통계표를 읽는 데만 열중해있다)

(원경으로 마법사, 쿵짝쿵짝 행진곡을 연주하며 지나간다)

아 이	아저씨, 이 그림자 본 적 없으세요?
남 자	전 세계 지뢰매설 개수 1억 1천만 개, 하루 평균 100명 부상 및 사망, 80여 개국에 매설, 25만명 의족이 필요… 수지맞는 장사로구나!
아 이	아저씨, 이 그림자 본 적 없으세요?
남 자	귀찮게 하지 마라! 난 바빠! 하루는 24시간, 이 마을에서 하루에 일곱 개만 터져도 의족이 일곱 개, 일주일이면 칠칠이 사십구, 사십구 개. 사십구 개가 한달이면 천 사백 칠십 개, 천 사백 칠십 개가 일년이면? 이크 또 새로운 전쟁이 시작됐군! 진군이다!
아 이	아저씨-
남 자	바쁘다 바빠. 난 통계를 내야 하거든. 쉴 새 없이 터지니까! 저런 또 터졌어. 아프가니스탄이 아프다고 비명을 지르는군! 거기 묻힌 지뢰 수 만해도 12만 7천 7백 5십 개. 이걸 다 밟아 없애려면 50년이 걸리겠어. 내 장사도 50년

동안 끄떡없겠는 걸! 매일 340명, 시간당 14명 5분당 1명씩, 다리를 잃거나 목숨을 잃는다! 수지맞는 장사로구나! (포성이 울린다) 이크, 또다! 시리아가 뼈가 시려.

(문자메시지를 날린다. "주문 메시지: 물량이 딸림, 의수와 의족 빨리 공수바람" 멀리서 낙하산에 의족과 의수 매달려 낙하한다)

남 자   왜 의수와 의족, 의치는 있는데 의두는 없을까? 쇠붙이로 만들어 붙이면 폭탄이 날렸어도 끄떡없을 텐데! 의두를 개발하라고 주문해 볼까? 잘 팔릴 거야. (흡족히 웃으며 제 머리를 두드리며 간다)

(아이와 일행, 그림자를 끌고 전진한다)

노벨 박사

노래소리   노벨 노벨 노벨- 온 인류의 왕이 나셨다. 노벨 노벨 노벨-
노 벨   (졸다가 깨나서) 아아-(괴로워하며 귀를 막는다)
아 이   노벨 박사님 아니세요? 위인전에서 봤어요. 박사님 맞죠?

노 벨	내가 위인이라고? 내가 무슨 위인? 아, 위인의 그림자는 죄인! 난 죄인이다, 죄인! 날 괴롭히지 마라. (노벨은 자신의 발등을 도끼로 찍는다)
아 이	박사님! 뭐 하시는 거예요?
노 벨	내 발등을 내가 찍는 거다.
아 이	이러지 마세요.
노 벨	뒈라, 밤마다 꿈속에서 울면서 매달려. 잠을 못 자!
아 이	누가 매달려요?
노 벨	산 그림자, 강 그림자, 깃들어 살던 새와 짐승들! 내가 만든 다이너마이트 때문에 얼마나 많은 산들이 무너졌는지 아느냐? 얼마나 많은 강들이 사라졌는지 알아? 덩그마니 남겨진 산 그림자들, 만신창이가 된 강물과 너럭바위의 영혼들이 밤마다 나를 찾아와 울어대고 있어.
아 이	우리 사람은 웃는 걸요! 노벨 박사님 덕분에 힘 안들이고 빌딩도 짓고, 댐도 지어 잘 살게 된 걸요! 노벨상도 있어요!
노 벨	전쟁은? 지구 곳곳에 터지는 전쟁! 팔다리를 잃은 사람들! (그림자를 발견하고는 뒷걸음질친다) 얘야, 날 찾아냈다는 말은 절대 하지 말거라! 어둠자루가 터져 그림자들이 떼로 몰려올지 몰라. (한숨) 아아, 왼손과 오른 손이 다른 짓을 저질렀어! 오른 손으론 다이너마이트, 왼 손으론 노벨 평화상! 어이구~ (다시 발등을 찍는다)

(그림자, 슬프게 노벨 박사를 올려다본다. 이때 마법사 일행이 출동할 때 들리는 행진곡 울린다)

노 벨   쉬잇! 어서 숨어라.

(마법사 등장, 실크해트를 쓰고, 자락이 너른 망토를 입었다. 수행원들을 이끌고 등장한다. 손에는 은빛 배달통을 들었다)

마법사   따끈따끈한 비둘기구이 대령이오! 오늘의 메뉴는 평화의 비둘기 통구이! 박사님의 다이너마이트로 콰쾅! 다 잡아 버렸지요.

(노벨, 울상으로 비둘기구이를 뜯기 시작한다)

마법사   어때요, 새 발명품은? 곧 나오겠죠? 아인슈타인네 반에서 는 이미 성공했어요. 신상품 개발! 제가 다 돈을 댄 덕이 지요!

수행원들   닦아, 닦아! 뭐든지 닦아! 녹슨 총, 안 쓴 대포, 멈춘 탱크, 뭐든 닦아. 광내, 광내 뭐든지 광내! 미워하는 마음, 복수 하는 마음, 차별하는 마음 뭐든지 광내!

마법사	큰 기대를 하고 있습니다. 박사님! 이번엔 초강력 울트라 슈퍼 파워 핵무기를 발명해주세요. 마음에 안 드는 것들을 몽땅 다 날려 버립시다!
수행원들	(증오의 '쿵쿵 송'을 부른다)
	다 날려 버려! 쿵쿵! 다른 건 틀린 거야. 쿵쿵! 틀린 건 나쁜 거야. 쿵쿵! 하얀 얼굴 검은 얼굴, 하느님과 마호메트, 홀쭉이랑 뚱뚱이, 쿵쿵! 다른 건 틀린 거야. 틀린 건 나쁜 거야. 다 날려버려. 다 터져버려.
그림자	생각 나! 저 마법사야! 저 마법사가 다녀가고 나서 모두들 사라졌어. 식구들도, 마을 사람들도, 내 주인도…. 모두!
마법사	자, 박사님! 새로 나온 실험도구를 가져왔습니다. 연구에 매진해주십시오!

(노벨 박사, 꺼내놓은 실험도구에 현혹된다)

마법사	(흐뭇해하며) 박사님, 믿고 갑니다. 전 눈물을 모으러 또 떠나야 해요. 박사님, 다음 발명품으로 수류탄 하나 어떨까요? 눈물의 씨를 말릴 수류탄! 이거 원, 마을마다 일일이 찾아다니려니 힘들군요! 자 가자!
수행원들	우리는 진군한다, 무덤 속으로!
아 이	따라가 보자! 무언가 나쁜 일이 일어나고 있는 것 같아!

신 발   놓치면 어떡하지? 마법의 빗자루라도 타면?

(일행, 눈을 맞추고는 의기투합. 손톱이 달려들어 목도리를 푼다. 이빨은 재빨리 목도리의 실 끝을 풀어 코딱지에게 던진다. 코딱지는 실끝을 물고 무기상의 망토에 들러붙는다)

모 두   꽉 붙어!

코딱지   내게 맡겨!

마법사의 관

(실타래를 따라 두어 바퀴 무대를 돈다. 길 막다른 곳에 거대한 관이 하나 놓여있다. 무기상은 자취를 감췄다. 관 뚜껑이 살짝 열리더니 코딱지 빠져나온다. 정적)

코딱지   여기야!

모 두   쉬잇!

(관 위에는 새장이 하나 매달려 있다. 검은 새 한 마리)

새	쉿! 마법사는 잠들었어!
아 이	넌 뭐야?
새	난 마법사의 포로!
아 이	너도 그림자야?
새	너! '하얀 새' 아니니?
아 이	하얀 새?
새	(그림자에게) 이리 가까이 좀 와 보렴!
	(그림자는 주춤 주춤 새장으로 다가간다)
새	(반가워서 날개 짓을 하며) 하얀 새야, 너 왜 떠나지 않았니? 왜 돌아왔어?
그림자	…하얀 새?
새	그래, 네 이름은 하얀 새야. 잊어버렸어?
그림자	하얀 새… 하얀 새… 그래! 내가 태어 난 해, 온 마을에는 풍년이 들었어. 평화가 넘쳐났지. 그래서 어른들은 나를 하얀 새라고 불렀어. 평화를 가져왔다고. 넌 누구지?
새	난 이웃 마을에 살던 검은 새야. 너희 마을과 우리 마을 사이에 전쟁이 났어.
그림자	전쟁……?
새	마법사가 무기를 가져다 줬어. 생각나니? 미움으로 가득 찬 마을에만 나타나는 마법사지. 마법사는 우리에게서 눈물을 사고, 그 값으로 무기를 줬어. 눈물이 없어지니까 서

로를 죽여도 아무렇지도 않더라. …기억나니? 우린 참 미
워했었는데.

그림자 　　우리 마을 사람들은, 너희 마을 사람들은 모두들 어디로
갔지?

새 　　　　(침묵) ……….

(이때 관 속에서 하얀 손 하나가 나온다. 뚜껑이 끼익 소
리를 낸다)

새 　　　　숨어!

(모두들 숨는다)

새 　　　　필리리리- (휘파람으로 행진곡을 부르는 척)

마법사 　　장사를 떠날 시간이군! (공중에 매달린 새장을 향해) 귀
여운 새야, 뭘 쉴 새 없이 지껄이는 거냐? 사라진 고향마
을이 그리워서 노래라도 부르는 거냐?

(마법사는 눈물을 담는 병을 꺼내 가방에 담는다. 그리고
가방 가득 무기와 전쟁장난감들을 담는다)

집 잘 지켜야 한다!

(퇴장한다)

아 이	어디로 가는 거지?
그림자	사람들이 서로 미워하는 마을!
아 이	거기 가서 뭐 하는데?
그림자	눈물을 사들이고, 무기를 파는 거야. 검은 새야, 다들 어디로 간 거지? 우리 마을도 너희 마을도 왜 텅텅 빈 거지? 나는 왜 그림자만 남았지?
새	(침묵) …우산을 고쳐주고, 신발을 기워주는 신기료 할아버지를 찾아가. 네 잃어버린 기억을 바느질해서 붙여줄지도 몰라.

(이때 슬금슬금 마법사가 등장한다)

| 마법사 | 요런 녀석들! (검은 새가 든 새장을 '탕' 때린다) 집 지키라고 했더니 도둑들을 끌어 들였구나! |

(마법사, 망토 안에 모두를 가둔다)

32

마법사	뭘 훔치러 온 거냐? 내 보물 창고에서!
아 이	훔치러 온 거 아냐! 이 그림자의 주인을 찾고 있어!
그림자	마을 사람들을 돌려줘! 엄마 아빠를 돌려줘! 나를 돌려줘!
마법사	이런! 하얀 새가 아니냐? 잘도 빠져나갔더군! (망토자락을 휘날리자 그림자는 호리병 속에 갇힌다. 검은 새 구슬피 운다. 검은 새에게 손가락질을 하며) 넌 오늘 저녁 찬거리가 될 줄 알아! 네 녀석은 전쟁놀이를 무척 좋아했지! 목숨은 살려주려 했더니, 이젠 끝장이야!
아 이	악당! 그림자를 돌려줘!
마법사	호오, 뜻밖인데? 너는 여기 그림자를 버리러 오지 않았니?
아 이	버리러 온 게 아니야! 주인을 찾아주러 왔어!
마법사	주인을? 이제는 내가 그림자의 주인이다. 그렇지? (호리병에 입을 맞춘다)
아 이	이 악당! 그림자를 내 놔! (병을 잡으려 발돋움한다)
마법사	(손을 더 높이 들며 약을 올린다) 그럼 너는 내게 뭘 줄 건데?
아 이	(급히 주머니를 뒤진다. 과자부스러기뿐) 이거 줄게! (어깨에 맨 보따리에서 장난감 총과 검 등을 꺼내놓는다)
마법사	나한텐 그것보다 더 좋은 게 산더미처럼 있는 걸! (관 속을 가르킨다) 진짜 무기들로 가득차 있단다!
아 이	그 그럼 이거! (게임 시디를 꺼내놓는다)
마법사	나한테는 리얼 전쟁게임 최신 버전이 있는 걸!

아 이	그럼-
마법사	아이야, 너한테 있는 것 중 가장 쓸 데 없는 걸 다오.
아 이	쓸 데 없는 거?
마법사	(끄덕 끄덕)
아 이	쓸 데 없는 거가 뭐지?

(마법사는 스무고개로 눈물을 맞추도록 유도한다)

마법사	어른들이 뭐라 하든? 잘 생각해봐라.
아 이	눈물?
마법사	(끄덕끄덕)
아 이	어른들이 그랬어! 사내아이에게 눈물 같은 건 쓸 데가 없다고!
마법사	그렇지! 눈물은 필요 없지! 눈물 같은 건 아무데도 쓸모가 없단다. 눈물이 언제 필요할까? 사촌이 땅을 샀을 때? 너보다 친구가 더 좋은 게임기를 갖고 있을 때? 급식 먹는데 닭다리가 다 떨어졌을 때? 그때나 찔끔 날까, 없어도 상관없지 않느냐? 어딘가에서 전쟁이 터져도, 아이들이 굶주려 죽는다 해도 너만 재밌게 살면 상관없지? 자, 얼른 엿 바꿔 먹자! 그깟 눈물 따위 다 엿 바꿔 먹어버리자! 바꿔드립니다. 눈물 한 방울에 최고급 인형의 집 세트, 눈물

한 방울에 최신형 전자빔 장총 세트 다 바꿔드립니다! 햄버거에 콜라, 뷔페 교환권 다 바꿔드려요!

(아이, 마법사의 관 속에서 줄줄이 나오는 물건들에 매혹된다)

마법사　가져! 마음껏 다 가져! 넌 영웅이 될 거다!

아 이　(무기에 정신을 빼앗긴다) 돌격! 앞으로! 고지를 점령한다! 앞으로! (힘껏 거총한다. 이때 마법사는 품에서 태엽을 꺼내 아이의 등에 박는다. 아이, 쓰러진다)

마법사　오늘은 눈물을 채집하기에 좋은 밤이군!

(흡혈귀처럼 소년의 목에 입을 대는 순간 암전된다)

태엽병정과 작은 새

(여기는 전장, 폭격 소리, 총알 소리 난무한다. 아이는 창백한 얼굴로 등장한다. 태엽병정이 되어 기계적으로 전쟁을 수행하고 있다. 태엽병정들은 두 편으로 갈라져 싸운다. 아이는 다만 열심히 살육게임 하듯 전쟁에 열중한다. 상대편 병사들 힘없이 쓰러진다. 아이의 철모가 땅에

굴러 떨어진다. 그것도 모른 채 아이는 계속 적을 무찌른다. 이때 평화의 새 한 마리 날아온다. 새는 철모 안에 앉는다. 그리고 알을 낳는다. 평화의 새는 알을 품는다. 병정들의 전투에 놀란 평화의 새, 날아가 버린다. 알만 남았다. 알에서 하얀 새 부화한다. 지지배배 첫울음을 울 때 병정들의 싸움에 묻혀 작은 새, 죽고 만다. 병정들, 약간씩 흔들리기 시작한다. 아이, 작은 새를 안는다. 감각이 돌아온다. 아이의 눈가에는 무언가 따스한 것이 흐른다. 아이는 놀래 그것을 닦는다. 아이, 태엽병정에서 따뜻한 피와 눈물이 도는 인간으로 회복된다. 이때 낙담한 병정들 앞에 두 번째 알에서 부화하는 작은 새의 지저귐 울려 퍼진다. 모두들 기뻐서 웃음과 때로는 희미한 눈물이 비친다. 그들 모두 인간으로 돌아온다. 숨어있던 신발 일행이 튀어나와 아이 앞에 선다. 손톱과 이빨, 코딱지가 외친다)

모 두   그림자를 찾으러가자. 그림자를 찾아오자.

코딱지, 장렬히 산화하다!

(마법사는 관 속에서 물건들을 꺼내보고 있다. 수전노가 돈궤를 들여다보듯 황홀하게. 머리를 박고서 정신없이

탐욕스럽게 살핀다. 눈물을 담은 병들을 꺼내 하나하나 들여다보며 흐뭇해한다. 이때 이빨, 달려들어 마법사의 엉덩짝을 꽉 문다. 손톱은 마법사의 얼굴을 단숨에 할퀴고 신발짝은 마법사의 정강이를 걷어찬 뒤 얼굴을 연속해 두들겨 댄다. 그리고 코딱지는 용수철처럼 튕겨나가 마법사의 입 속으로 들어가는데… 마법사는 '퉤퉤퉤!' 비칠대며 관 속으로 굴러 떨어진다. 마법사의 손에 든 작은 병에서 담긴 눈물이 쏟아지고 만다. 마법사를 적시는 눈물)

마법사   (비명을 지르며) 으악, 내 몸이 녹는다! 내 몸이 녹아!

(모두 힘을 합쳐 관 뚜껑을 닫고 못을 박는다)

아 이   이제 그림자를 살리자!

(아이는 호리병 속의 눈물을 손바닥에 소중히 붇는다. 그러자 '펑!' 하며 그림자, 돌아온다. 모두 환호성을 지른다)

아 이   신기료 할아버지를 찾아가 보자. 혹시 다른 그림자를 이미 꿰매 붙였으면 어쩌지? 가보자!

신기료 할아버지

(팔다리가 떨어져나간 인형을 쌓아놓고 정성스럽게 꿰매
고 있다)

아 이   할아버지! 신기료 할아버지 맞죠?

할아버지   (귀가 어두워서) 뭐라구? 신기한 할아버지?

아 이   신기료 할아버지요! 떨어진 신발 깁고, 망가진 우산을 고
           치는 할아버지 맞죠?

할아버지   어서 와라. 뭐가 떨어졌니?

아 이   혹시 이 그림자 주인 여기 온 적 있나요?

할아버지   (귀와 눈이 어두워서) 우산이로구나. 헤진 데가 많으냐?
           살이 좀 남아있어야 할 텐데. (흥얼흥얼 노래) 나는 나는
           신기료 장수! 떨어진 신발도 깁고요, 날아간 우산살도 고
           쳐요, 헤진 마음까지 꿰매줘요.

아 이   우산이 아니고요, 그림자예요!

할아버지   난 또, 온통 검길래 박쥐우산인 줄로만 알았지. (실을 길
           게 꿴다) 자, 이리 온. 튼튼하게 박음질을 해주마! (소년
           의 발치에 그림자를 붙이려 한다)

아 이   아뇨, 아뇨! 어휴- 제 그림자는 있어요.

할아버지   그래? 그럼 누구한테 붙여준다? 나한테? 좀 작은 듯도 한

데… 한 뼘 늘려볼까? (검은 천을 꺼내 가위질을 하기 시작한다. 그림자 설핏 물러난다)

아 이   아휴, 답답! 할아버지, 혹시 이 그림자 본 적 없으세요?

할아버지   (눈을 부비며) 본 듯도 한데-.

아 이   그림자의 주인을 찾아야 해요. 어디 가면 찾을 수 있을까요?

할아버지   (사이, 침묵) 저기 모퉁이를 돌아보렴! 어쩌면 거기에 이 그림자의 주인이 기다리고 있을지도 모르겠구나.

아 이   주인을 찾아오면 할아버지께서 꿰매 주실 거죠?

할아버지   글쎄다…….

아 이   가보자! 저 모퉁이를 돌면 마을이 있나봐!

할아버지   (혼잣말) 아무도 없지. 모두들 떠났어, 멀리…….

아 이   어디로 갔어요?

할아버지   눈물을 팔고, 싸움질을 일삼더니만 다들 사라졌어. (흐르는 눈물을 훔친다)

아 이   할아버지는 왜 눈물을 안 팔았어요?

할아버지   (버럭) 누가 내 눈물을 살 수 있단 말이냐? (심하게 기침을 한다) 신발도, 우산도, 다 꿰매 붙였지만 이 눈물샘만큼은 꿰맬 수가 없었어! 육십년 동안 흘리고 있는 눈물인걸!

아 이   할아버지는 왜 여기 남았어요?

할아버지   난 기다릴 사람이 있단다. 못 떠나…….

(그림자가 그만 가자고 아이를 잡아당긴다)

할아버지　　(빙그레 웃으며) 아주 착 달라붙는구나! 나한테도 달라붙
　　　　　어서 안 떨어 지려한 아이가 하나 있었지. 이 그림자처럼!

아 이　　(반색하며) 어디로 갔어요? 그 그림자는? 주인을 찾았나요?

할아버지　　그림자가 아니고 내 동생이었지. 어딜 가든 날 졸졸 따라
　　　　　다녔어. 그림자처럼. 동무들이랑 물놀이를 갈 때도, 사방
　　　　　치기를 할 때도 달라붙어서 안 떨어졌지. 숨바꼭질을 하
　　　　　면 동생 때문에 일착으로 들켰어.

아 이　　속상했겠네요!

할아버지　　미웠지!

그림자　　근데 어디 갔어요? 동생은-

할아버지　　(회상) 큰 폭격이 있었단다. 피난을 떠나야 했지. 동생은
　　　　　내게 달라붙을 듯 따라왔지. 쾅! 폭탄이 터지고, 난 너무
　　　　　무서웠다. 무서워서 미친 듯 뛰었지. 형아 같이 가! 형아
　　　　　같이 가! 이번엔 날 따라올 수가 없더구나…. 내가 너무
　　　　　빨랐거든. 가만, 너 내 동생 아니냐? 꼭 너만 했어. 아이
　　　　　야, 그래. 내가 이 길목에서 널 기다렸어. 오십년 동안! 날
　　　　　따라붙으라고. 이리 와라. 업고 뛰마! 나하고 가자.

소 리　　(환청처럼) 형아, 같이 가! 형아, 같이 가!

할아버지　　이 바보야, 빨리 뛰어! 빨리 뛰어! (폭발 굉음) 아이고, 아

이고, 허억-

(숨을 몰아쉬다 결국 숨이 넘어가고야 만다. 바닥에 미처 다리를 꿰매지 못한 인형만이 툭 떨어진다. 아이과 그림자 뒷걸음질 친다. 이윽고 할아버지에게서 그림자 하나 기어 나온다. 그림자, 경악에 차서 바라보다가 달아난다)

아 이   할아버지! (암전)

묘지

(수십 개의 묘비와 십자가들의 그림자 보인다)

그림자   (그 중 한 묘비 앞에 멈춰 선다) 엄마! 엄마가 누워 있어. 엄마, 왜 여기 있어? 솜이불이 아니라 이 차가운 땅을 덮고 왜 누워 있어? 엄마!

(그 곁에 선 묘비명 앞에 멈춘다. 공포 때문에 숨 또한 멈춘다)

아 이	하얀 새 여기 잠들다……?
그림자	아니야, 아니야! 싫어, 다 거짓말이야!
	(도리질하다가 묘비에 천천히 다가가 쓸어본다)
	내 주인은 여기 있는 거였어? 다시는 만날 수 없는 거야?
	내 주인은 이제 나를 버린 거야? 아냐! 아냐! 아냐! 어딘
	가에 있을 거야! (사방을 찾아 헤맨다. 할아버지 그림자
	가 나타난다)
할아버지 그림자	(다리 없는 인형을 주워 내밀며) 이 인형에라도 꿰매줬어
	야 했는데….
그림자	(쓰러져 운다. 무대 뒷편에서 그림자극이 연출된다) 행복
	했었는데…. 엄마, 아빠, 나, 행복했었어. 밤이면 달빛 아
	래 창가에 모여 그림자놀이를 했었어. 두 손을 모으면 새
	가 되었지. 엄지손가락을 내밀면 주전자가 되었어. 맑은
	물을 졸졸졸 흘리는 주전자. 아빠의 커다란 손은 늑대가
	되어 컹컹 짖었어. 그럼 난 사슴이 되어 껑충 달아나기도
	했지. 해가 머리 꼭대기에 떠오르면 난 발 밑에 숨기도 했
	지. 이제는 알겠어. 불에 던져도, 물에 넣어도, 가위로 잘
	라도, 발로 밟아도 난 불사신이었어. 그건 내가 그림자였
	기 때문이야. 그렇지만 내 몸이 사라졌으니 이제는 나도
	사라질 수밖에 없어. 그게 그림자의 운명이야. (서서히
	그림자, 지워지기 시작한다)

아 이	가지마! 가면 다시는 못 와!
그림자	(천천히 고개를 젓는다) 난 돌아올 거야. 새봄이 오고, 새 싹이 트면 그 싹과 잎 새에 깃들어 다시 돌아올 거야. 난 다시 태어나서 새 생명의 그림자가 될 거야. 고마워. 이 여행에서 그걸 알게 되었어. 엄마… 뙤약볕 아래 들에서 일하다가도 제가 배고파 칭얼대면 저한테 젖을 물리셨죠? 엄마 그림자가 시원한 그늘이 돼주었어요. 저도 그늘이 되고 싶어요. 작은 나무의 그림자로 다시 태어나고 싶어요. 새가 쉬어가고, 지친 사람들이 깃드는 나무 그늘… 그곳엔 전쟁도 총소리도 없겠지요. 푸른 하늘과 새소리, 아침 이슬……. 나, 기운이 없어. 사라지려나봐.
아 이	가지 마!
할아버지 그림자	아가야, 같이 가자. 하래비 손을 잡고 가면 덜 심심할 거야.
그림자	할아버지, 제가 사라지고 있어요.
할아버지 그림자	…아주 크고 깊은 그림자가 우리를 맞이하려고 나와 있구나.
그림자	빛이 사라지고 있어.
신 발	(울먹, 손톱을 두고) 너는 이럴 때 뭐 해?

(손톱, 초승달인 양 얼른 불을 밝히는 시늉을 한다. 그러나 큰 어둠을 지우지는 못한다. 이빨, 그림자를 물고는 놔주려 하지 않는다. 신발, 그림자의 발걸음을 돌려놓으려

	하지만 불가능하다)

그림자   모두들 고마워. 너희들은 작은 빛이었나 봐. 그래서 내가 머물 수 있었나봐.

아 이   가지마! 아무리 힘들어도 업고 다닐게. 아무도 못 떼어내게 꼭 업고 다닐게. 내가 네 몸이 되어줄게. 가지 마!

(그림자, 손을 흔든다)

아 이   다시는 널 볼 수 없는 거야?

그림자   보름 달 뜨는 밤이면 기억해줘. 만날 수 있을지도 몰라. 가지와 새가 만나듯, 둥지와 새알이 만나듯, 달빛과 그림자가 만나듯.

(암전된다)

에필로그

노래 소리   달달 무슨 달 쟁반같이 둥근 달 어디 어디 떴나 남산 위에 떴지

(보름달 둥글게 뜨면 소년은 작은 가설무대를 설치한다. 무대 하얀 스크린 위에 신발짝 일행들과 아이, 그림자가 투사된다. 그림자는 나무로, 신발짝은 작은 배로, 이빨은 징검다리의 일부로, 코딱지는 꽃잎으로 변한다)

아이의 목소리   옛날옛날, 한 아이와 그림자가 모험을 떠났습니다…

(그림자들 움직이기 시작하면 천천히 막이 닫힌다. 암전 속에서 평화로운 음악이 흐른다)

-막-

내 친구 곰곰이

곳　　　　　　　　빈 무대, 빨랫줄을 걸면서 극이 시작된다.

등장인물

· 서연이　　　　　　　　　　　　　　　　　　아이
· 곰곰이　　　　　　　　　　　　　때 묻고 낡은 곰 인형
· 일인 다역 배우 3인

일인 다역 배우들은 엄마, 망태 할아버지, 비둘기 1, 2, 엄마
토끼와 아기토끼, 흰구름, 회색구름, 먹구름, 할머니, 광대
등을 번갈아가며 맡는다.

1. 봄

봄날 엄마가 마당에서 큰 함지를 놓고 빨래를 한다. 함지 곁에는 잔뜩 쌓아놓은 빨랫감들, 엄마는 고무장갑을 끼고 있고, 검은 옷을 입고 있다. 머리엔 하얀 리본, 씩씩하게 빨래를 한다. 아이도 엄마를 따라 작은 양동이를 놓고 빨래를 한다.

엄마, 문득 빨랫감 속에서 스웨터 하나를 발견한다. 스웨터를 들어 본다. 스웨터를 걸쳐본다. 한 자락에 얼굴을 묻고 '엄마의 엄마' 냄새를 맡는다. (사이) 주머니에서 무언가가 잡힌다. 돋보기다. (사이) 돋보기를 빨랫줄에 걸어 말린다.

엄마는 거인인가? 이불보, 커튼 등을 척척 빨랫줄에 넌다. 빨래줄 이 끝과 저 끝에서 각각 손이 나와 주름을 탁탁 편다. (배우 2인의 트릭 쇼)

아이는 장난감 주머니에서 공, 인형 등을 하나하나 꺼내 빤다. 인형 옷, 토끼, 구름모양의 베개, 날개 달린 하늘색 작은 배낭 등을 건져 낮게 건 또 하나의 빨랫줄에 넌다. 끝으로 때 묻고 낡아 누렇게 변하다시피한 곰 인형, 테디 베어를 한손으로 질질 끌고 온다.

서연이	얘는 곰곰이야. 할머니가 나 태어났을 때 만들어준 곰이야.
엄 마	(지도가 그려진 작은 이불을 널면서) 서연이 네가 쌌지?
서연이	(도리 도리) 곰곰이가 쌌어. (곰곰이의 궁둥이를 엎어놓고 팡팡 때린다)
엄 마	(짜장면 얼룩이 통째 묻은 티셔츠를 넌다) 서연이가 흘렸지?
서연이	(도리 도리) 곰곰이가 그랬어.
엄 마	(코를 막으며 팬티를 줄에 넌다) 서연이가 똥쌌지?
서연이	곰곰이가 했어…….
엄 마	곰곰이는 바보구나.
서연이	오줌싸개, 칠칠이, 똥딱지, 바보! (다시 궁둥이를 팡팡)
엄 마	곰곰이는 바보, 쓸모 없어. 낡고, 때 묻고, 더러워.
서연이	곰곰이는 바보, 오줌싸개, 칠칠이, 똥딱지!
엄 마	버리자.
서연이	싫어.
엄 마	오줌싸개 칠칠이 똥딱지 바보잖아. 너무 더러워, 버리자.
서연이	곰곰이는 목욕을 싫어해.
엄 마	그러니까 버려.
서연이	안 버려.
엄 마	왜 안 버려? 똥싸개, 오줌싸개, 칠칠이, 바보구만.
서연이	몰라.
엄 마	넌 다 컸잖아. 너무 오래 갖고 놀았어.

서연이	싫어!
엄 마	문 밖에 내놔. 망태 할아버지가 데려 갈 거야.
서연이	싫어! 내 곰이야.
엄 마	망태할아버지! 여기 말 안 듣는 애 하나 있어요. 여기 더러운 곰 인형 하나 있어요.

(엄마는 말 하는 중에 고무장갑을 벗어 바람을 넣어 풍선처럼 빵빵하게 만든다. 입구를 단단히 묶어 빨래집게로 고정해놓고 퇴장한다)

서연이	곰곰이는 내 친구야, 어부바 내 곰이야.

(함지에 곰 인형을 업고 와서 풍덩 담근다)

서연이	무서워? 겁쟁이! 목욕 안 무서워. (고무호스에 달린 샤워기를 사용해 씻기는 시늉)

서연이	세수하자, 이를 닦자, 발도 닦자, 엉덩이도 팡팡! 아이 시원해, 아이 깨끗해. (솔질 시늉) 쓱쓱 싹싹 쓱쓱 싹싹 요기 묻은 짜장면 누가 묻혔나. 조기 묻은 딸기 치약 누가 발랐나. 초콜릿도 묻었네. 요거트도 엎었네. 곰곰이는 바보,

칠칠이, 똥딱지, 오줌싸개!

(곰 인형의 양팔을 쥐고 뺑뺑 돈다. 물기를 터는 시늉이다)

서연이　　자, 다 마를 때까지 여기 가만히 있어.

(곰곰이 양 귀에 빨래집게를 꽂아 줄에 넌다)

서연이　　어, 눈 한 쪽이 없네. 어디 갔지? 어, 콧잔등도 달아났네! 어디 갔지?

서연이, 곰곰이의 떨어진 눈과 콧잔등을 찾기 위해 함지 속 손을 넣어 휘저어본다. 없다. 마당 구석구석을 살피다 가 널어놓은 커튼이며 이불보를 휘적거린다. 빨랫감들이 이리 저리 춤추며 옮겨간다. 사이, 이불보로 곰 인형이 가 려진다. 순간 배우가 연기하는 살아 움직이는 곰곰이, 이 불과 커튼 사이 머리를 쏙 내민다. 양 귀에 빨래집게를 꽂 고 있는 모습을 하고 있다.

서연이　　어디 갔지? 눈도, 코도 어디 갔지? 참새가 물어갔나. 생쥐 가 굴려갔나. (객석 가까이까지 와 찾는다) 어디 갔지?

곰곰이	안녕!
서연이	(돌아보며 무심결에) 안녕! (사이) 어?

(둘 사이, 커튼과 이불보를 사이에 두고 까꿍 놀이에 가까운 숨바꼭질이 시작된다)

곰곰이	안녕!
서연이	곰곰아!
곰곰이	안녕!
서연이	곰곰이네!
곰곰이	(짧게) 난 간다. (빨랫줄에서 날개 달린 배낭을 내려 팔을 꿴다)
서연이	어디?
곰곰이	(원망을 담아) 오줌싸개, 칠칠이, 똥딱지 바보, 겁쟁이!
서연이	히히! 다 들었구나.
곰곰이	잘 있어. (가려 한다)
서연이	(막는다) 어딜 가. 눈도, 코도 없는데 어딜 가.
곰곰이	갈래. (따박 따박 한 말 한 말 강조하듯) 난 낡고, 더럽고, 쓸모없어.
서연이	가지 마, 나랑 놀자. 알강달강 등배체조 으랏차차 팔씨름, 소꿉놀이 빠방놀이, 나랑 놀자.

곰곰이   갈래.

         (이때 소리 들린다)

소 리   헌 옷 받아요. 헌 인형도 받아요.

         (무대 뒤편 큰 망태를 지고 벙거지를 쓰고서 집게를 절겅
         이며 망태할아버지, 흥겹게 지나간다. 코끝이 빨갛다)

소 리   헌 옷 받아요. 헌 인형도 받아요. 딸꾹! 말 안 듣는 애, 거
         짓말 하는 애, 툭 하면 우는 애 다 받아요. 딸꾹!

         (망태에서 오로로 무엇인가 솟구쳤다 짜부라든다)

서연이   숨어!
망 태   아가야, 곰 한 마리 못 봤니 딸꾹!
서연이   몰라요.
망 태   이건 뭐냐 딸꾹.
서연이   (얼른 공을 하나 던져준다) 고양이예요. 야옹 야옹
곰곰이   …(공을 이리 저리 앞발로 굴리는 시늉을 한다)
망 태   이상하다. 곰 같은데 딸꾹.

54

서연이	곰 아니에요.
망 태	내가 찾고 있는 곰은 아주 낡고 낡은 곰이란다.
서연이	어떻게 생겼어요?
망 태	눈 두 개, 코 한 개, 입 하나 보통 곰처럼 생겼지 딸꾹.
서연이	얘는요. 눈은 한 개고요. 코는 없어요. (손사래 치며) 망태 할아버지가 찾는 곰은 절대 아니에요.
망 태	그러네, 내가 찾는 곰은 아니네 딸꾹. 곰을 꼭 잡아야 하는데.
서연이	왜요?
망 태	아주 낡고 쓸모없는 곰이란다. 더럽기도 하지. 배 가르고 솜을 빼서, 드륵드륵 재봉틀로 박아서, 냄비 집는 장갑을 만들까? 아참, 내가 찾는 곰 이름은 곰곰이란다. 곰곰이! 들어본 적 없니? 곰곰아

(곰곰이, 얼결에 앞으로 나선다)

| 서연이 | (가로막는다) 얘는요, 곰곰이가 아니에요. 사슴이에요. 사슴! |

(엄마가 두고 간 고무장갑을 내려 얼른 곰곰이의 귀에 댄다. 곰곰이 얼결에 잡고 흔든다)

서연이	(노래한다) 루돌프 사슴 코는 매우 반짝이는 코…….
망 태	암만 봐도 곰 같은데… 딸꾹. 잡기만 해봐라. 걸레를 만들어 버릴 테다. (퇴장한다) 대문 밖을 둘러보고 오마.
서연이	곰곰아, 도망가자. 얼른!

(노인용 휠체어를 끌고 온다. 이리 저리 급한 대로 물건들을 담는다. 우산, 장화, 간식 주머니 등)

망 태	(기우뚱 상체만 드러내고) 아가야, 정말 곰 한 마리 못 봤니 딸꾹.
서연이	(도리 도리) 우린요, 선물 배달 가야 해요. 바빠요.
망 태	크리스마스는 아직 멀었는데?
서연이	연습하는 거예요. 연습. 그렇지 루돌프야.

(곰곰이는 고무장갑을 귀에 대고 흔든다)

망 태	연습 잘 해라. 우리 집에도 선물 배달하는 거 잊지 마. 어디 갔지? 이 곰을 꼭 잡아야 하는데. 곰곰이를 보면 꼭 알려다오. 한 바퀴 둘러보고 다시 오마. 위험한 곰이야. 더럽고, 말 안 듣고, 너무 낡아 쓸모도 없지. (퇴장한다)
곰곰이	(슬프게) 더럽고, 말 안 듣고, 쓸모도 없지…….

서연이	곰곰아, 얼른!

(서연 떠나려다 문득 줄에 걸린 돋보기를 본다. 껑충 뛰어 돋보기를 잡아 주머니에 챙긴다)

2. 봄 - 공원벤치

(서연이와 곰곰이, 벤치에 앉아 한숨 돌린다)

서연이	어디에 숨지? 어디로 가지? 망태할아버지가 따라오면 어쩌지?
곰곰이	나 장갑되기 싫어. 걸레 되기 싫어. 난 곰인형이야 난 곰곰이야.
서연이	멀리 멀리 가서 꼭꼭 숨자. …배고파, 간식 먹자.

(주섬주섬 주머니를 연다. 이때 무대 한 쪽 비둘기들이 나타난다)

비둘기들	삼육구 삼육구 삼육구 삼육구 삼, 육, 구! 구, 구, 구! 구구구!

(삼육구 게임을 한다. '9'만 대는 통에 게임은 언제나 제자리다. 비둘기들 서로 꿀밤을 먹이며 좋아라 한다. 목발을 짚은 대장 비둘기만 의젓하게 사주경계하고 있다. 대장비둘기의 다리 한쪽엔 빨간 리본이 붕대처럼 돌려 묶여 있다)

비둘기들   삼육구 삼육구 삼육구 삼육구, 구구는 팔십 일, 구구는 대장님, 구구는 비둘기 우리는 야, 비둘기 형제!

비둘기1   배고파, 배고파서 눈이 팽팽 돌아. 하루 종일 아무 것도 못 먹었어.

비둘기2   저기 꼬마가 뭘 먹고 있네. 가보자. 애들 발밑에 가면 먹을 게 생겨. 애들은 잘 흘리거든!

대 장   조심해!

(비둘기들, 옆 걸음으로 눈치 보며 다가간다)

서연이   초코 칩 쿠키야. 어디 어디 보자, 몇 알갱이 박혔나? 하나 둘 셋, 하나 둘 셋! 곰곰아, 이거 먹어.

곰곰이   안 먹어. 난 지금 슬퍼. 어디로 가서 숨지?

비둘기1   굴에 가서 숨지!

비둘기2   숨지!

서연이   비둘기야, 너흰 굴 있는 데를 아니?

비둘기1	과자 하나 주면 가르쳐주지.
비둘기2	가르쳐주지.

(서연이, 쿠키 봉지를 뜯는다. 비둘기2, 봉지째로 얼른 채 간다. 서연이, 화가 난다. 발을 쿵 구른다)

대 장	위험해!

(비둘기들, 뒷걸음질한다. 동시에 대장은 양팔을 크게 벌려 서연이를 위협한다. 서연이 놀라, 간식주머니를 통째 떨어 트린다. 비둘기2 잽싸게 주워 구석으로 몰려가 와구 와구 먹어치운다. 비둘기1이 덤벼들어 서로 먹겠다고 난리다)

비둘기1, 2	(볼에 가득 밀어 넣으며 번갈아 말한다) 애들은 무서워, 애들은 못 믿어. 꽃신 신고도 쿵! 장화 신고도 쿵! 반짝반 짝 예쁜 구두 신고도 쾅쾅쾅! (발 구르는 시늉) 아이 무서 워. 삼육구 삼육구 삼육구 삼육구 구구구구 우리는 비둘 기 형제 얍! (빈 주머니를 탈탈 털어 보인다)
서연이	내 과자 다 먹었으면 굴 있는 데를 가르쳐줘. 여기서 멀 어? 아주 먼데 있어?
비둘기1	메롱, 몰라! 뻥이야. 우린 이 공원 밖으론 한 발자국도 나

가본 적이 없거든!

비둘기2   없거든!

서연이   이 거짓말쟁이들! (발을 구른다)

비둘기 1, 2   으악!

대 장   (서연이에게 달려든다. 심하게 위협하고 대응한다)

곰곰이   너, 비켜!

대 장   어쭈! 이상한 놈이구나. 난 세상 끝까지 가본 비둘기! 남은 눈알 하나, 마저 파내 줄까?

서연이   비둘기야, 제발 가르쳐줘, 너흰 날개가 있으니 멀리멀리 가 봤겠지. 곰곰이가 숨을 곳이 어디 있을까?

비둘기1   대장님은 세상 끝까지 가본 비둘기! 대장님이라면 알지도 몰라.

비둘기2   몰라.

비둘기1   대장님은 세상 끝까지 가봤지. 멀리 멀리 가봤지.

비둘기2   가봤지.

서연이   가르쳐줘.

대 장   난 세상 끝까지 가본 비둘기! (고개를 흔든다) 세상은 위험해, 세상은 무서워. 붕붕 달리는 자동차, 휙휙 나는 비행기, 애들도 무서워, 따당따당 새총, 피융피융 돌팔매. 너흰 왜 도망치고 있는 거니?

서연이   망태할아버지가 쫓아와.

대 장	넌 참 이상하게 생긴 곰이로구나. 난 세상 끝까지 가본 비둘기! 곰은 굴에서 살지. 네가 정말 곰이라면 굴속으로 가야 해.
서연이	굴은 어디 있어? 어디서 봤어?
대 장	난 세상 끝까지 가본 비둘기, 난 뭐든 다 알아. 이 공원 끝에 굴이 하나 있어. 굴에는 무시무시한 기차가 쉬고 있지. 낮에는 한 마리 용처럼 휘돌아다니다가 밤이면 잠자러 굴로 가. (고개를 흔들며) 여긴 작은 곰 한 마리가 살기엔 너무 위험한 도시야. 작은 곰 한 마리가 숨기엔 크디큰 세상이야.
곰곰이	난 작은 곰이 아니야!
대 장	흥!
서연이	세상 끝까지 가본 비둘기야. 근데 넌 왜 빨간 줄에 묶여 있어?
대 장	세상은 위험해, 세상은 복잡해. 연줄, 낚싯줄, 전깃줄, 골프장, 야구장, 그물망! 나처럼 작은 날개 비둘기가 살기엔 세상은 너무 위험해, 세상은 너무 복잡. 그렇지만 난 세상 끝까지 가본 비둘기!
서연이	비둘기야 이리 와, 답답하겠다. 내가 풀어 줄게.
대 장	난 세상 끝까지 가본 비둘기, 꼬마 도움 따윈 받지 않아!
곰곰이	세상 끝까지 가본 비둘기야. 그 줄이 나뭇가지에라도 걸리는 날엔 넌 세상 아무데도 더 이상은 갈 수 없을 걸?

대 장	흥!

(서연이, 한걸음씩 다가간다. 대장, 뒷걸음질 친다)

서연이	가만있어봐, 풀어줄게.

(서연이, 대장비둘기의 발목에 감긴 리본 줄을 풀어준다)

대 장	뭐 좀 시원하군, …난 세상 끝까지 가본 비둘기! (어깨를 펴고 허세를 피운다) 이번엔 세상 가장 높은 곳까지 가보겠어.

(서연에게서 리본을 빼앗아 채찍처럼 흔든다. 활달하게 경중경중 뛴다. 비둘기1, 2 박수치며 환호한다)

곰곰이	그 리본 나 줘!
대 장	왜, 뭐하려고?
곰곰이	나도 세상 끝까지 가보고 싶어.
서연이	나도!
곰곰이	너처럼 용기 있게 가보고 싶어.
서연이	나도!

대 장	뭐, 그쯤이야. (큼큼거리며 망설이다가 곰곰이 목에 붉은 줄을 리본타이처럼 묶어준다) 나, 세상 끝까지 가본 비둘기는 너희를 세상 끝까지 가볼 수 있는 탐험대로 임명한다!

(곰곰이와 서연이, 경례하며 먼데를 본다)

3. 잔디밭

이불을 뒤집어 널면 빼곡한 잔디밭이 된다. 아이와 곰곰이는 한 바퀴 돌아 도착한다. 엄마 토끼, 노래하면서 김밥을 말고 있다. 대자리로 마는 대형 김밥이다.

토 끼	김밥을 싸자, 김밥을 말자. 세상에서 제일 큰 김밥 아기토끼가 제일 좋아하는 김밥 김밥엔 뭐가 들어야 맛있나. 뭐지?

(객석에서 답이 들려오도록 유도한다)

김밥을 싸자, 김밥을 말자. 세상에서 제일 큰 김밥
아기토끼가 제일 좋아하는 김밥

토끼 김밥엔 뭘 넣어야 맛있나. 뭐가 있지?

(호로로 똥을 싸고서 몇 알인지 세고 있는 아기 토끼에게 묻는다)

토 끼	한 알, 두알, 세알, 한 알, 두알, 세알…….
엄마토끼	세상에서 제일 푸른 시금치 한 줄!
아기토끼	세상에서 제일 작은 당근 반 개!
엄마토끼	세상에서 제일 아삭한 오이 한 줄! 영차!
아기토끼	세상에서 제일 까만 토끼 똥? 우웩 구려. (투덜대며 랩 하듯) 난 싫어, 당근 싫어. 정말 싫어. 당근 싫어.

(서연이, 엄마토끼를 도와 돗자리를 둘둘 감아주다가 참견한다)

서연이	나도 싫어. 당근 싫어, 시금치도 싫어. 난 햄이 좋아. 계란 좋아.
토끼모녀	(번갈아) 오이는 아삭아삭 당근은 빠작빠작 라면은 호록호록 짜장면은 짜작짜작 친구가 없으면 무슨 맛?
서연이	친구가 없으면 아무 맛, 아무 맛도 없지! 곰곰아, 그렇지?
엄마토끼	도와줘서 고마워요. 이리 와서 같이 먹자. 어머, 물이 없

	네. 엄마가 옹달샘 가서 물 길어 올게. 꼭꼭 씹어 먹고 있어
	요. 시금치, 당근 빼놓고 먹으면 혼날 줄 알아! (퇴장한다)
아기토끼	당근 싫어. 정말 싫어.
서연이	토끼야, 넌 어디서 사니?
아기토끼	굴에서 살지, 엄마 품에서 살지.
서연이	아무도 살지 않는 굴 하나 어디 없니? 내 친구 곰곰이가
	숨을 곳을 찾고 있어. 곰곰이가 살만한 굴 있을까?
아기토끼	굴? 이 당근 먹어주면 가르쳐주지!
서연이	정말? 이 당근 먹으면 가르쳐줄래?
아기토끼	그럼!

(서연이와 곰곰이는 줄다리기 하듯 김발 같은 대자리에
서 당근을 빼낸다. 사각 스티로폼으로 된 긴 당근은 소극
笑劇에 등장하는 막대 또는 전봇대처럼 쓰인다. 서연이와
곰곰이, 아기 토끼는 채플린 영화의 한 장면처럼 당근을
상대로 부딪치고, 넘어지고, 한 바퀴 돌리는 등 파스 farce
적인 시늉을 하며 논다. 관객의 착시 현상을 이용해 좌에
서 우로 당근을 빼내는 방식 등으로 리드미컬하게 당근을
먹어치우는 마임을 연출한다. 당근은 무대 밖으로 사라
졌다. 사이사이 다음의 노래를 부를 수도 있다)

서연이	(꾹 참고 당근을 먹으며) "내 김밥은 치즈김밥, 내 김밥은 계란 김밥, 내 김밥은 쇠고기 김밥"
곰곰이	"내 김밥은 도토리김밥, 내 김밥은 꿀단지김밥, 내 김밥은 물고기김밥"
서연이	아이, 배불러. 다 먹었으니 이제 가르쳐줘.
아기토끼	메롱! 바보! 뻥인데! 난 잔디밭을 떠나본 적이 없는 걸! 빈 굴 따위, 알게 뭐야.
서연이	이 거짓말쟁이!
아기토끼	히히.

(다음 대사는 서로 한 번씩 밀쳐가며 한 마디 한 마디씩 교환한다)

곰곰이	나쁜 토깽이!
아기토끼	미련 곰탱이!
곰곰이	코 짤막이 주제에!
아기토끼	짝 눈 주제에!
곰곰이	빨간 눈, 터진 앵두!
아기토끼	민둥 코! 달아난 눈! 미련 곰탱이는요, 눈도 없고요, 코도 없대요. 엄마도 없고요. 갈 데도 없대요.
곰곰이	(울먹 울먹) 와앙! 엄마! (바닥에 주저앉아 쭈그려 운다)

서연이	곰곰아, 울지 마. 울지 마. 너 진짜 나쁜 토끼로구나.
토 끼	히히, 눈이 한 개라 한쪽으로만 눈물이 나네. 웃긴다!
곰곰이	그래! 난 외눈박이 곰이야! 한쪽 눈 밖에 없어! 원래는 두 눈이 다 있었는데, 목욕하다가 떨어져 어디론가 사라졌어. 으앙!
서연이	넌 나쁜 토끼야! 세상에서 제일 나쁜 토끼야!
토 끼	내가 너무 심했나? (시무룩해져서) …제일 나쁘지는 않아. (사이) …곰탱아 내 옷에 달린 단추 하나 줄게. 그만 울어. 이거 달아.
서연이	단추 눈이네…? 이걸 어떻게 붙여? (곰곰이, 울음이 잦아들었다가 다시 운다)
토 끼	침으로 붙이면 돼. 에잇, 퉤! …안 붙는구나.
곰곰이	으앙!
토 끼	딱풀로 붙여보자. …안 붙네.
곰곰이	으앙!
토 끼	저기 산 넘어가면, 이 세상에서 바느질 제일 잘 하는 할머니가 살고 계신대. 할머니한테 꿰매 달래. 우리 아빠도 돈 버느라 꽁지가 빠져서, 거기 가서 붙이고 왔다!
서연이	바느질 잘 하는 할머니…?
토 끼	응!

(이때, 우르릉 쾅쾅 천둥소리 울린다)

토 끼   어? 무서워.

엄마토끼   (달려 나오며) 소나기가 쏟아지려나. 우리 토끼들은 물닿
는 걸 제일 싫어한단다. 얘들아, 소풍 끝!

(엄마토끼는 무대 위를 재빨리 정리한다. 아기토끼의 손
을 잡고 뛰어 들어간다)

아기토끼   (소리만) 엄마, 나 당근 다 먹었어.

엄마토끼   (소리만) 잘했어, 내 새끼.

(우르르 쾅쾅 소낙비 쏟아지기 시작한다. 서연이와 곰곰
이 손잡고 뛴다)

3. 산 너머

비바람 분다. 아이는 우산을 편다. 앞으로 나가려 하는데
우산이 밀린다. 바람에 밀려 나가떨어진다. 곰은 바퀴의
자에 아이를 앉힌다. 곰이 바퀴의자를 밀고 힘겹게 간다.

서연이	조심해 전봇대!

(얼른 피한다)

서연이	조심해 높은 턱!

(얼른 피한다)

서연이	조심해 구덩이!

(곰곰이, 이번엔 피하지 못하고 빠진다. 아이와 곰은 바퀴
의자를 진흙탕에서 꺼내려고 안간힘을 쓴다. 불가능하다)

곰곰이	아야, 돌을 밟았어.
서연이	이거 너 신어. (장화를 벗어 준다)
곰곰이	넌?
서연이	괜찮아. 내 발은 단단해.
곰곰이	한 짝씩 나눠 신자.
서연이	그러자. (어깨동무 한다)
서연이	오른쪽으로 지나는 자동차, 오른쪽에 서 있는 가로수…. 오른쪽에 새매가 난다!

곰곰이   오른쪽은 눈알이 달아나서 안 보여. 나, 과연 세상 끝까지
         가볼 수 있을까. 내가 숨을만한 굴을 찾을 수 있을까.

         (둘은 진흙구렁에 빠진 바퀴의자를 포기한다. 곰곰이, 목
         에서 리본을 풀어 아이와 나눠쥔다. 줄에 의지해 더듬
         더듬 빗속을 뚫고 간다. 빗소리 잦아진다. 사이, 소나기
         멈추고 무지개 뜬다)

서연이   하늘이 미안했나봐. 저 산 너머, 세상에서 바느질을 제일
         잘 하는 할머니가 산대. 눈 단추를 달아 달래자.

         (무대를 한 바퀴 돈다. 동시에 반대편에서 할머니 등장
         한다. 양편은 무대를 팔자형으로 돈다. 할머니는 허리가
         굽었다. 1장에서 엄마가 얼굴을 묻던 그 스웨터를 입었
         다. 할머니 머리 위 천사의 링 대신 작은 구름 하나가 떠
         있다. 구름 모자를 쓴 무대감독, 의상가봉용 마네킹과 옷
         걸이 하나를 무대 위 가져다 둔다. 마네킹은 겹겹이 하얀
         옷을 걸치고 있고, 나뭇가지처럼 생긴 스탠드형 옷걸이에
         는 구름모자가 여러 개 걸려 있다)

검은 구름   할머니 바느질 솜씨가 예전 같지 않아.

70

회색 구름	우리 옷 갈아입은 지 꽤 오래 됐지?

(할머니는 느리게 바느질을 한다. 매듭을 입으로 가져가 끊기도 한다. 눈이 침침한 지 자주 눈을 비빈다. 호호 한숨을 쉰다)

회색 구름	난 큰 굴뚝을 지나왔더니 이렇게 됐어.
검은 구름	나는 콜록콜록, 공사장을 지나왔더니 이렇게 됐어.
회색 구름	우리가 빨리 때가 타는 거냐, 할머니 옷 만드는 속도가 느려진 거냐?
서연이	여보세요. 여보세요. 여기 세상에서 바느질 제일 잘하는 할머니 계세요?

(검은 구름, 회색구름 할머니를 가리킨다)

할머니	다 됐다, 옷 갈아입자!

(구름들, 할머니 앞으로 냉큼 달려간다. 할머니는 가봉용 토르소 마네킹에서 옷을 벗겨 갈아 입혀준다. 머리 위 구름모자도 바꿔준다)

구름들	아이 시원해, 갈아입으니까 상쾌해!
할머니	또 어딜 가서 놀다 온 거냐. 온통 까매졌구나. 넌 또 어딜 갔다 왔니, 얼굴 씻자.

(줄 끝에 서 있는 곰곰이, 할머니 앞에 가 선다. 곰곰이 차례다. 할머니, 얼굴을 만져본다)

할머니	아이쿠, 거미줄에 걸렸나 먼지투성이로구나.
곰곰이	실밥이 뜯어졌어요.
할머니	목욕 먼저 해야겠어.

(이번엔 서연이 차례다. 서연이가 얼굴을 쓸어본다)

할머니	어디보자, 내 손녀딸 살결이랑 똑같이 보들보들하구나. (한숨) 여긴 너무 멀어 못 오구말구.
서연이	할머니, 제 친구 곰곰이 눈 좀 달아주세요.
할머니	웅? 눈이 떨어졌어? 어디? 이리 와 무릎에 누워 보렴.

(곰곰이에게 단추 눈을 정성껏 꿰매준다)

서연이	할머니 머리 위에 떠있는 작은 구름은 뭐예요.

할머니	응, 근심 구름이란다.
서연이	근심이 뭐예요.
할머니	걱정거리를 말하지.
서연이	뭘 걱정하세요?
할머니	일곱 날 일곱 밤이 지나면 이제 더는 구름옷을 못 꿰매게 될 거야.
서연이	왜요?
할머니	눈이 침침해서 바늘구멍을 더는 못 찾겠어. 실을 못 꿰니 바느질을 할 수 있나…….
서연이	구름옷을 못 만들면 어떻게 되요?
할머니	먹구름, 회색구름… 천둥이 치고 온통 비구름들만 몰려다니겠지.
작은 먹구름	할머니, 좀 봐주세요. 자꾸 이상한 소리가 나요. 구름모자가 시끄러워요.
할머니	구름모자가 시끄러워? 파리가 들어갔나? 머릿니가 생겼나?
먹구름	봐주세요.
할머니	눈이 침침해서 원.
서연이	이리 와, 내가 봐줄게. 아유, 이런 게 들어 있네. (구름모자 안에서 비행기를 골라낸다)
먹구름	이제 조용해졌어, 고마워!
할머니	(매듭을 지으며) 이 곰인형은 아주 많이 낡았구나. 여기저

기가 터졌어. 코도 없네, 어디 보자. 골무가 하나 있었는데…. 여기 있다! (곰곰이 콧등에 골무를 대고 꿰매준다)

서연이 단추 눈에 골무 코네! 단추 눈에 골무 코!

곰곰이 고맙습니다. 와, 두 눈으로 볼 수 있게 돼서 정말 좋아. 다시 코가 생겨서 정말 좋아. 나비도 앉을 수 있겠어! (이 끝에서 저 끝까지 달린다)

서연이 이제 엉엉 울 수 있어, 두 눈으로. 다 울고 나면 슬픈 일은 다 잊겠구나.

할머니 골무 코를 달았으니 나쁜 냄새가 콕콕 코를 찔러도 문제 없을 거다.

서연이 고맙습니다, 할머니! (할머니 목을 껴안는다) 아! 할머니 이거요. 이거 드릴게요. (돋보기를 꺼내 건넨다)

할머니 아이쿠, 돋보기로구나. 이제 백년은 문제없다, 백년은 문제없어! 구름옷을 더 꿰맬 수가 있게 됐어. 근심 구름 요 녀석아 이제 넌 그만 내려 오거라. 어디보자. 터진 옆구리를 메우는 데는 구름털이 제격이지! 곧 겨울이 올 텐데 추우면 안 되지. (구름을 뭉쳐 곰곰이 여기저기를 메운다)

곰곰이 할머니, 고맙습니다. (할머니 목을 안는다)

(구름들, 서연이와 곰곰이를 에워싼다)

구름들	이제 해가 질 거야. 밤이 오기 전에 돌아가야 해. 우리가 데려다 줄게. 산 넘어 언덕 넘어 잔디밭 지나 공원 벤치 지나 흘러흘러 구름 따라 흘러! 호롱호롱호로롱!
할머니	잘 가거라.
서연이, 곰곰이	안녕히 계세요, 할머니!

(구름들의 윤무 속에서 서연이와 곰곰이 뱅글뱅글 돈다)

곰곰이	옆구리가 따뜻해. 구름솜이 포근해. 왼쪽 오른 쪽 다 보여. 킁킁 쿰쿰 냄새가 나. 나무 냄새, 도토리 냄새, 꿀꽃 냄새, 내 친구 냄새!

(뱅글뱅글 돌면서 앉은 자리 선 자리 자세로 땅 냄새와 대기의 냄새를 들이킨다. 사이, 한쪽에서 망태할아버지 등장한다)

곰곰이	어, 망태 할아버지 냄새다!
망 태	곰 봤다!
서연이	얜 곰 아니에요!
망 태	곰 맞는데 딸꾹?
서연이	곰 아니에요. 강아지에요.

곰곰이	멍멍!
망 태	이번엔 안 속는다! 딸꾹. 곰 맞네! 눈도 두 개, 코도 하나, 입도 하나. 배 둘레도 포동포동 팔다리는 짤막짤막, 곰 맞네! 딸꾹! 이리 온, 곰인형을 잡아다가 냄비 집는 장갑을 만들까, 걸레쪽을 만들까.
서연이	앤 곰 아니에요. 송아지예요.
곰곰이	음매음매-
망 태	나 참!

(주머니에서 병 두 개를 꺼낸다)

망 태	자, 이쪽은 우유병, 이쪽은 꿀병! 딸꾹, 어느 게 더 좋으냐?

(곰곰이, 얼른 꿀병에 달려든다)

망 태	곰 맞네! 내가 찾고 있는 곰 맞아 딸꾹. 눈 두 개, 코 하나, 쭉 째진 입 하나. 낡고, 쓸모없고, 더러운 곰! 넌 재주도 못 넘고, 자전거도 못 타고, 북도 못 치지?

(이때 북소리 나면서 광대 아저씨 등장한다)

광 대	왔어요 왔어요, 세상에서 제일 재미있는 그림자극단이 왔어요. 그림자극도 보고, 사진도 찍고! 사진도 찍고 그림자극도 보고! 왔어요 왔어요, 세상에서 제일 재미있는 그림자 극단이 왔어요.

(광대가 끌고나온 수레엔 유원지에서 흔히 볼 수 있는 그림판이 실려 있다. 그림판엔 콜라병을 한손에 들고 빨간 목도리를 한 흰 곰이 그려져 있다. 얼굴부분만 동그랗게 뚫려있다. 곰곰이, 얼른 그림판 속으로 숨는다. 동그라미 속에 얼굴을 끼운다. 시치미를 뗀다. 광대는 다음 대화 동안 호객행위를 하는 듯 객석 앞쪽으로 가 나팔을 부는 자세로 멈춰 있다. 망태, 그림판으로 슬금슬금 다가간다)

망 태	넌 누구냐? 아주 하얗구나.
서연이	북극곰이에요. 눈처럼 하얀 북극곰이에요.
망 태	얼굴은 땟국에 절었는데 딸꾹?
서연이	콜라를 너무 많이 먹어서 그래요.
망 태	북극곰이 왜 콜라를 먹어? 물고기를 잡아먹어야지 딸꾹.
서연이	얼음이 꺼져서 아무 것도 잡을 수가 없대요.
망 태	북극곰이 왜 여기 사는 거냐 딸꾹?
서연이	몇 날 몇 일을 헤엄쳐 왔대요. 얼음산이 녹아서 돌아갈 데

가 없대요.

망 태   (고개를 저으며) 내가 찾는 그 곰이 틀림없는데…….

(서연이, 광대가 내려놓고 간 북을 목에 걸고 북을 두드리기 시작한다. 곰곰이 북소리에 맞춰 구르기, 재주넘기 등을 시작한다)

서연이   재주 잘 넘는 북극곰이에요. 재주도 못 넘고, 겁은 많고, 낡아 쓸모없는 그런 곰이 아니에요.

(광대, 수레를 끌며 사라진다. 서연이와 곰곰이 행렬 끝에 붙어 퇴장한다. 광대의 호객 소리를 따라하면서. "왔어요, 왔어요…….")

망 태   내가 찾는 곰 맞는 것 같은데……. 이상하네, 딸꾹! (퇴장한다)

(한 바퀴 돌아 광대 일행 무대 위 다시 등장한다. 그림자 연극 막을 설치한다. 다음 그림자극이 진행될 동안 서연이와 곰곰이는 광대의 조수 역할을 한다. 그림자 인형을 조종하기도 하고, 극 중에 개입하기도 한다. 광대는 내레

이선을 맡고, 서연이는 아기 곰 목소리를 맡는다. 엄마 곰
목소리는 다역 배우가 숨은 목소리로 들려줘도 좋겠다)

그림자극-막간극[*]

(1)

NA   깊은 산 속 어느 굴에 엄마 곰 아기 곰이 살았습니다.

                엄마 곰은 어느 날 먹을 것을 구하러 굴을 나섰습니다.

                "엄마 나도 가요."

                "너무 먼 길이야." (사이)

                "아가야, 넌 집에 있어야 돼. 혼자 놀러가도 안 돼. 만약

                아주 만약 꼭 나가야 할 일이 생긴다면 반드시 이 주머니

                를 차고 다녀야 해. 알았지?"

                (허리춤에 주머니를 채워준다)

                "엄마 나도 가요."

                "착하지? 엄마가 맛있는 거 많이 구해 오마."

---

[*] 막간극의 내용은 일본 전래설화를 현대작가가 철학동화한 것을 극화한 것입니다.

"맛있는 거?"

아기 곰은 이리 뒹굴 저리 뒹굴 맛있는 것들을 꿈꿨습니다.

(어항이 하나 놓인다. 작은 물고기 하나 헤엄쳐 다가온다. 아기 곰은 얼른 물고기를 움켜 어항 속에 잡아넣는다. 이때 앞치마를 두른 엄마 물고기가 헤엄쳐 등장한다)

"아가, 아가 어디 갔니? 혼자 멀리 가면 안 돼요."

(엄마 물고기, 어항에서 아기 물고기를 발견한다. 아기 물고기 엄마를 보자 팔딱 팔딱 뛴다. 어항 바깥에서 엄마는 아기물고기에게 입을 맞춘다. 둘은 유리벽을 사이에 두고 만나려 애쓴다)

(곰곰이는 손을 넣어 아기 물고기를 꺼내 준다)

"이 녀석이!"

(광대는 곰곰이를 한 대 때리려 한다)

NA   아기 곰은 배가 고팠습니다.

"엄마는 언제 오실까?"

(모기 정찰대 한 마리 등장, 윙윙대며 아기 곰 쪽을 힐끗
거린다)

"아기 곰한테는 달콤한 젖 냄새가 나, 우리한텐 맛있는 간
식거리지."

(모기 떼, 덤벼든다)

"아야 아야,"
아기 곰은 작은 나무에게 가서 몸을 비볐습니다.
"안녕! 가려워, 가려워! 니가 있어서 다행이야."
득득 긁었습니다. 북북 비볐습니다. 쿵쿵 부딪쳐도 봤습
니다.
그때 나무에서 톡또로로 또로로록 도토리가 굴러 떨어졌
습니다.
또록또록, 데굴데굴 데굴데굴 데구르르
아기 곰은 도토리를 주우려고 언덕을 따라 내려갔습니다.
톡 톡 또로로록 톡 톡 또로로록
도토리를 따라 아래로 아래로 내려가는 미끄럼은 재미있
었습니다.
엄마가 허리춤에 채워준 주머니가 터져 붉은 열매가 솔솔

솔 터져 나왔습니다.

산그늘 녹지 않은 눈밭엔 찔레 열매가 점점이 등불처럼 아기 곰이 간 길을 비추고 있었습니다.

아기 곰은 점점 굴에서 멀어졌지요.

이때 '탕!'

(아기 곰은 철창에 갇혀 버린다)

"엄마! 엄마!"

사냥꾼이 나타났습니다.

"오늘은 재수가 좋은 걸! 귀여운 아기 곰이로구나. 곡마단에 팔까. 동물원에 넘길까. 아무려나! 후한 값을 받겠는 걸!"

사냥꾼은 우리 째 아기 곰을 옮겨 집 마당에 숨겨 놓았습니다.

(2)

"아가야, 아가야 엄마 왔다."

(엄마 곰의 머리엔 잎을 엮어 만든 채반이 올려 있다. 채반엔 물고기, 벌집, 도토리 등이 가득 담겨 있다)

82

"아가야, 아가야 배고프지? 우리 아기가 어디 갔을까?"

(숨바꼭질하듯 뒤진다)

엄마 곰은 한 알 한 알 찔레열매를 주워 모으면서 아기 곰
이 간 길을 따라갔습니다.
마을 작은 집 마당에 도착한 엄마 곰은 아기 곰 냄새를 맡
았습니다.
"내 아기 냄새가 나요, 내 아기 눈물 냄새가 나요."
엄마 곰은 "쉿!" 아기 곰에게 조용히 하라고 일렀습니다.
엄마 곰은 해가 다 질 때까지 앞발과 이빨로 아기 곰을 묶
은 쇠사슬을 끊고 또 끊었습니다.
잘그락 잘그락 스르렁 탁, 잘그락 잘그락 스르렁 탁.
엄마 곰은 아기 곰을 안고 (산으로 산으로) 도망쳤습니다.
엄마 곰 입에서 흐른 피가 찔레꽃 열매보다 붉게 눈밭을
적셨습니다.
집으로 돌아온 사냥꾼(어깨에 토끼, 새 등 사냥감이 건들
거린다)은 아기 곰이 도망친 것을 발견했습니다.
사냥꾼은 엄마곰과 아기 곰을 뒤쫓았습니다.

(3)

살별이 하나 둘 내리는 밤이었습니다. 구름은 비가 되어 눈물처럼 흘렀습니다. 엄마 곰은 밤 새 걷고 또 걸어 사냥꾼이 쫓아오지 못하도록 높고 높은 곳으로 오르고 올랐습니다.
한 발 한 발 사냥꾼이 닥쳐왔습니다.
세상에서 제일 높은 산꼭대기에 이르렀을 때 둘은 이제 더는 갈 곳이 없었습니다.
사냥꾼은 '탕!' 총을 쏘았습니다.
그 순간, 엄마 곰은 껑충 하늘로 뛰었습니다.

(구름이 등장해 허공중에 엄마 곰이 디딜 계단을 만들어 간다. 엄마 곰은 아기 곰을 안고, 구름계단을 밟아 하늘 높이 오르다 막 넘어 허공중으로 높이 높이 상승해 사라진다. 사이, 막에 하나 둘 뭇별들이 뜨기 시작한다. 높은 쪽 '큰 곰 자리' 꼬리, 배, 주둥이 순서로 불이 들어온다. 에코 음으로 "엄마, 엄마, 엄마!"
큰 곰 자리 곁 작은곰자리가 불 들어온다)

NA   봄밤 하늘을 올려보면,
큰 곰 한 마리가 하늘에서 어슬렁어슬렁
작은 곰 한 마리가 엄마 따라 어슬렁어슬렁

엄마 곰과 아기 곰이 다 같이 어슬렁어슬렁

(물고기 모양의 구름, 도토리 모양의 구름, 벌집 모양의 구름이 작은곰자리 주위를 돈다. 작은곰자리 잡으려 애쓴다.)

두 마리가 별이 되어 어슬렁어슬렁,
사이좋게 밤하늘을 어슬렁어슬렁
"엄마!"
"아가야!"

(막 걷고 곰곰이, 서연이, 광대 인사한다)

광 대   수고했다. 오늘 저녁밥은 건빵이다. 받아라!

(곰곰이와 아이는 나란히 앉아 건빵을 먹는다. 곰곰이, 건빵을 하늘로 던져 받아먹는다. 아이, 손뼉을 친다. 곰곰이, 문득 밤하늘을 올려본다)

곰곰이   엄마…. 우리 엄만 별이 되었대. 큰곰자리 작은곰자리…….
서연이   나도 엄마 보고 싶다.

곰곰이	…돌아갈까?
서연이	…가자.

(곰곰이는 목에 두른 빨간 목도리를 바닥에 풀어 개어놓
는다. 아이는 삼각뿔 모자를 벗어 목도리 위에 올려놓는
다. 곰곰이와 아이, 살금살금 퇴장한다. 둘은 무대를 한
바퀴 돈다. 겨울바람 세차게 불어온다. 헐벗은 가로수 나
뭇가지가 곰곰이와 아이의 진행방향 역방향으로 지나간
다. 둘은 꼭 붙어서 걷는다. 아이, 손을 호호 분다)

5. 집으로-겨울

무대 한쪽엔 모래적재함과 헌옷 수거함이 놓여 있다. 엄
마는 빨랫줄에 솜이불을 넌다. 아이를 기다리는가 먼 산
바라기를 한다. 퇴장한다. 사이, 아이는 이불 속으로 몸을
숙여 들어간다. 직립한 상태 그대로, 잠자리에 든다. 곰곰
이도 따라 들어간다. 둘은 이불 속에서 숨바꼭질을 한다.
이리 쪽 저리 쪽 머리통만 나왔다 들어간다. 사이, 아이는
하품을 크게 한다. 곧 잠이 든다. 사이 곰곰이 이불 속에
서 몸을 굴려 나온다. 아무렇게나 벗어둔 장화, 짝을 찾아

가지런히 세워둔다.

곰곰이   이제 나도 자러 가야지. 아웅 졸려. 세상 끝까지 가본 곰은 아마 내가 처음일 거야. 이제 겨울잠을 자야지. 내가 잘 데는 어디 있나? …아, 여기 있구나.

(헌옷 수거함을 열고 들어간다. 함은 '헌옷 수거함'이라고 크게 쓰여 있고, 하단에 여닫이 문이 나있다. 수거함은 이불, 옷 몇 가지가 이미 채워져 있다. 곰곰이는 그 속을 비집고 들어가 자리를 잡는다. 1장에서 나왔던 짜장면 얼룩이 묻은 티셔츠를 발견 하고 입는다)

곰곰이   (티셔츠 앞자락에 고개를 묻고 냄새를 맡는다) 내 친구 냄새, 좋아…….

(곰곰이, 수거함 문을 닫는다. 곰곰이의 모습 사라진다. 함박눈 한 송이 한 송이 떨어진다. 새근새근 잠이 든 아이 베갯머리 위로 소녀 인형, 비둘기 인형, 토끼 인형, 광대인형 등이 넘겨다본다. 눈 구경을 한다. 사이, …눈 그치고 별 돋는다. 큰 곰 자리, 작은곰자리, 옆에 '테디 베어' 실 뜬 모양의 별자리 밝게 빛난다. 막 내린다)

메아리 방의 비밀

(원작 : 미녀와 야수)

등장인물

· **도창**	나레이터
· **아리**	소녀
· **야수**	소년
· **공주**	아리의 친구
· **아비**	아리의 아버지
· **동경이**	야수의 친구, 꼬리 없는 개
· **코러스 5인**	다양한 역할

프롤로그

도 창   한 고개 너머 두 고개 너머 아이고 다리야.

부릉부릉 자동차 타고, 아장아장 유모차 끌고

짜릉짜릉 자전거 굴려. 종이배 타고, 오리배 타고,

바구니 타고, 비행선 타고!

오늘은 우리 마을에 벼룩시장, 꼬마시장 열리는 날!

아무나 한 자리, 누구나 돗자리,

(사이) 아무개 한 마리, 뉘신지 그림자?

코러스들   구려구려 싸구려, 골라골라 골동품,

가려가려 진품명품 이걸 살까 저걸 살까

벼룩시장에만 오면 벼룩이 튀듯 내 마음도 튀어!

(소리) 얼룩덜룩 양탄자 팔아요,

알라딘이 하늘을 나는 드론에 꽂혔어요,

알록달록 양말은 어때요,

삐삐롱 스타킹 두 번 신은 양말 팔아요.

보물지도 있습니다. 보물지도 있어요.

보물지도(보물일지도?), 보물지도(보물일지도?)

(추임새를 넣을 때마다 뽕망치로 얻어맞는다)

도 창	(급박한 음악) 아무나 한 자리, 누구나 돗자리, 저기 구석에는 아무개 한 마리, 아물지 않은 마음으로 오늘도 컹! 사람들 사이에 알 수 없는 그림자 하나, 그림자 살 사람은 누구 없소? 어디 없소?
소 리	아리야, 커서 뭐 될래?
아 비	미녀! 우리 아리는 자라서 아리따운 미녀가 될 거라오.
소 리	미녀가 되고 싶어?
아 리	모르겠어요. 아직은 몰라요.
공 주	나는 공주, 아리 친구 공주, 옆집 사는 공주
코러스	공부를 주로 해서 공주? 공상을 주로 해서 공주!
아 비	나는 오늘도 짊어진다, 하루 걱정 장래 걱정 세금 걱정, 세 끼 걱정 네, 갑니다, 가요. 아무리 큰 짐도, 아무리 먼 곳도 단박에 실어다 드립니다. 내 딸 아리랍니다. 딸 키우는 재미로 살아요. 아리 아리랑 스리 스리랑 아라리가 났네. 내 딸 아리는 얼굴도 마음도 고운 미녀가 될 거랍니다. 미녀가!

(아리, 고개를 절레절레 한숨만 포옥… 아리는 거들기만 할뿐 자기소개를 직접 하지는 않는다)

동경이	밥 한술만 주세요.
코러스	맡겨놓았냐?
동경이	뼈다귀라도 조금…….
코러스	뼈다귀 해장국이라도 사 잡쉬.
동경이	생선대가리라도 좋아요.
코러스	수영해, 개헤엄! 잡아먹어!
동경이	물 한모금만!
코러스	목마르면 샘을 파!

(동경이 쉬를 누는 시늉, 똥 누는 시늉)

코러스	너, 너 뭐하는 거냐?
동경이	여긴 아무 것도 없다면서요. 먹을 것도 없고, 아무것도 자라지를 않으니 거름이나 주려고요.
코러스	예끼, 이놈의 똥개 같으니라고!
동경이	깨갱깨갱…….
도 창	너는 뉘 집 개냐. 그 뭐냐 유기견? 주인한테 버려졌구나?
동경이	아니요, 나는 동경이, 세상을 버린 개 동경이! 우헝 우헝…….

(사이, 비명에 가까운 소리 오버랩)

아 리	우앙, 없어! 하나도 없어. 우리 집엔 내놓을 게 아무것도 없어!
공 주	(바퀴가방을 끌고 등장) 그럴 리가?
아 리	정말이야, 없어! 이번 장터 축제는 정말 멋질 텐데! 나한테 따로 벼룩시장 한 자리를 준다고 했는데, 난 내놓을 게 아무것도 없어!
공 주	어쩌니, 다른 애들 집에나 가봐야겠다.
아 리	그래, 벼룩시장엔 벼룩! 난 차라리 벼룩을 팔게! (긁적긁적, 벼룩을 잡는 시늉, 벼룩처럼 뛰는 시늉)
공 주	아리야, 정신 차려!
아 리	공주야, 넌 부잣집 딸이라 좋겠다. 가방 좀 열어봐. 뭘 잔뜩 가져온 거니?
공 주	없어, 빈 가방이야. 우리 집은 책만 많은 걸. 인형이나 리본, 예쁜 물건이 있어야 손님을 끌지. 게다가 엄마가 책은 안 된다는 거야. 아무리 많아도 다 쓸모가 있대. 우리 이제 어떡하지?
아 리	(한숨) 꿈이라도 꾸자. 팔 게 없으면 꿈이라도 팔자. 공주야 여기 누워봐!

(사이)

94

공 주	꿈 꿨어?
아 리	아니!
공 주	꿨어?
아 리	아니…….

(사이, 두건 달린 망토를 쓴 야수가 뒤편에서 스윽 지나간다. 긴 그림자 무대에 어린다)

아 리	아악!
공 주	꿨어?
아 리	무서운 꿈!
공 주	무서운 꿈은 나쁜 꿈이잖아. 나쁜 꿈을 누가 사?
아 리	꿈은 반대라잖아. 좋은 꿈일 수도 있지. 맞다!

(바닥의 판자를 들어내 작은 상자를 꺼낸다. 상자를 열어본다)

공 주	이 향수병 예쁘다. 향수가 조금밖에 안 남았네. 와, 멋져! 오르골이야.

(태엽을 돌려본다. 자장가가 흘러나온다. 상아빗도 나온

다. 공주가 머리를 빗어본다)

| 공 주 | 이거 나 줘라. 나, 공주한테 딱 어울리는 빗이야. |
| 아 리 | 이거야. 이거라면 팔 수 있어. (상자째) 벼룩시장에 내놓자! |

장터

(여기 저기 호객하는 소리 들려온다)

소 리	말랑말랑 젤리 사세요.
	아몬드가 콕콕 박힌 엿 있어요.
	달콤새콤 과일주스 팔아요.
	축제에 빠질 수 없는 가면도 있습니다.

(구석에 천으로 덮인 우리 하나가 놓여 있다)

행인1	킁킁 어디서 개똥 냄새가 나!
행인2	(천을 들춘다) 어라? 꼬리 없는 개가 다 있네?
행인1	팔려고 내놨나?
소 리	으르렁 컹!

행인2	내가 길러볼까?
행인1	꼬리 없는 개를 뭐에 써. 반길 줄을 아나, 주인을 섬길 줄을 아나.
행인2	처먹기만 하다가 낮잠이나 처자겠지?
행인1	저기 헌 데 난 것 좀 봐.
행인2	주인한테 버려진 것 같지?
행인1, 2	(하이 파이브) 먼저 본 사람이 임자! (입맛을 다신다)

(야수, 장미꽃이 든 통을 등에 지고 장에 온다)

야 수	(작은 소리로) 꽃 사세요. 장미꽃입니다.
행인3	향기가 없네.
행인4	꽃잎을 벌레가 먹었어.
행인3	누가 이런 장미를 사.
행인5	자기야, 나 이 꽃 사줘. 앗, 따가워.
야 수	가시를 훑어드릴 게요.
행인5	으악 긴 손톱 좀 봐, 귀 좀 봐, 털로 덮여 있네!
행인4	야수다! 야수야! 장에 야수가 나타났다!

(야수, 장미가 담긴 통을 두고 도망친다)

아 비	어? 왜 장미가 예 있나? 아! 아리 엄마에게 다시 한 번 청혼할 수만 있다면. 오늘도 마음은 추억의 모퉁이를 서성거리는구나. 뜨끈한 순대국이나 한 그릇 했으면 좋겠다. 이런! 아내는 하늘나라로 갔는데 난 순대국 생각이나 하다니! 머리로는 우는 데 내 위장은 웃지. 눈에는 눈물 고이는 데 입엔 침이 가득 고이지.

(야수, 다시 자리로 돌아온다)

아 비	향기 없는 꽃을 누가 사나? 꼬리 없는 개를 누가 사? 웃음 잃은 짐꾼을 누가 찾아? 에휴, 하루해가 다 간다. 노루 사슴이라면 저기 숲으로 가 산머루 따먹으며 자유롭게 살지. 너나 나나 참! (야수 얼굴을 본다) 아이고, 못 볼 걸 봤다. 풰! 풰! 참 못두 생겼다!
행인3	아저씨, 여기요. 이 짐 좀 역까지 날라 주시우.
아 비	예, 갑니다.

(야수는 털 손을 내밀어 우리 안 그릇에 물을 부어 준다)

야 수	뙤약볕에 내버려두고 물 그릇 하나를 안 놓아 주었네. 네 주인은 어딨니?

(아리와 공주, 좌판을 벌인다. 아기자기한 물건들을 올려
놓는다)

아 리   구경하세요. 예쁜 것 많아요. 영원히 시들지 않는 장미랍
니다. 어디에도 없는 향기에요. 향수 사세요. (지나가는
사람에게 향수병을 열어 보여준다)

아 리   아주 좋은 냄새가 나죠.

야 수   이것도 파는 건가? (오르골을 들어 태엽을 감는다)

아 리   머리맡에 두고 자면 좋은 꿈을 꿀 거예요. 싸게 드릴 게요.

행인들   저기 야수가 있어요. 야수가 장터를 쏘다녀요. 야수 잡아
라! 야수를 가둬라!

(야수, 얼른 사라진다)

아 리   내 오르골, 내 오르골! 도둑 잡아! 도둑!

아 비   심술궂은 아낙 같으니라고. 두세 번에 나눠서 날라야 할
짐인데 한꺼번에 지게 하다니. 아이고 허리야.

(아비, 문득 아리의 좌판을 본다)

아 비   어쩐 일이냐? 너 제정신이야? 돌아가신 엄마가 남긴 물건

을 장터에 내놔? 이런! 네 엄마의 향수병, 상아빗. (빗을 살피고는) 아아, 한 올 붙어있던 머리카락마저 사라져버렸어. 길고 빛나는 내 아내의 머리카락! 오르골은 어디 있니? 너에게 자장가를 들려주던 오르골!

아 리 　　방금 전에 도둑이… 날치기였나…? 죄송해요.

아 비 　　무슨 짓이냐. 네 엄마가 남긴 물건이 담긴 이 상자는 내 보물단지인 걸!

<아비의 노래 - 내 보물단지>

아리 엄마 보고 있지? 내 손을 감싸는 당신의 손

너의 보물이 무엇이냐 누가 묻는다면

아침저녁 돌아보는 추억들, 하루 천 번은 꺼내보는 기억들

내 보물단지 열어 본다오

세월 흘러 추억은 장맛처럼 익어

사랑하는 아리엄마 아내 목소리

(도창) 이거 입어요, 저거 입어요, 갈아 입어요

잘 먹어요 고루 먹어요 (술 좀) 그만 먹어요

그리운 아내의 잔소리

당신이 최고야, 내 흥을 돋궈주고

당신이 참아요, 내 성을 다독이던 아내의 목소리

오늘도 들여다보고 집 나왔지 소금단지 꿀단지

어디에도 묻을 수 없어 가슴에 묻었지

하루 한 번씩 맛보는 기억을

하루 만 번은 꺼내는 추억을

하늘에서는 보이지 내 품안의 보물단지

어느 벼룩시장에서도 살 수가 없지

어디 만물시장에서도 살 수가 없지.

아 비   못된 것 같으니! 아아 이럴 바엔 슬픔의 성에 가 혼자 살
          고 싶구나. 마음껏 슬퍼하면서 나 혼자 살아가련다. 아리,
          넌 나쁜 아이야! (절망하여 나간다)

아 리   아빠, 아빠! 제 말 좀 들어보세요.

공 주   으앗! 아리야, 나 갈게. 저기 엄마가 와. 공부한다고 거짓
          말하고 창을 넘어 몰래 나왔는데 들키면 한 달은 외출 금
          지야. 미안! (바퀴가방을 끌며 달아난다)

아 리   나 혼자야, 혼자 남았어. 이건 더 나쁜 꿈이야. 정말 나쁜
          꿈대로 되어버렸어. 아빠, 용서해 주세요. 저 어떡해요.

야수의 성

          (아버지, 꼬리 없는 개 동경이를 끌고 등장한다)

도 창	(아비랑 번갈아) 노을이 피네, 내일은 비가 오려나?
	까치 노을 붉네
	하루치 하루 슬픔이 지네
	하루치 하루 고픔이 가네
	하루 품삯을 벌었으니 하루치 웃음을 사야지
	(아비랑 중창) 아리 아리 아리 내 딸 아리야,
	스리 스리 스리 잘 산 하루야
	일 년은 열두 달 고개 영영고개 넘으니
	아내가 담구고 간 술독은 비고
	홀아비 살림은 이가 서 말!
	어여쁜 딸아이 소매는 짧아져
	벌자, 벌어보자꾸나 꼬리 없는 개를 끌고서
	코리 코리 냄새나는 양말을 벗어던지고
	고개고개를 잘도 넘어간다

아 비　　멋진 성이로군! 고개 너머에 이런 곳이 있었나? 배달을 많이 했지만 개 배달은 또 처음이네. 자, 여기 묶어놓고 갑니다. 개 주인한테 값은 잘 전했고요. 약속하신 대로 구전이랑 데려온 삯은 챙겨갈게요. (하나, 둘, 셋, 공중에 매달린 돈 주머니를 과일처럼 딴다. 문득 접시에 놓인 포도를 본다) 탐스럽구나. 종일 먹은 게 없어. 집까지 가려면

다시 고개를 넘어야하는데 딱 다섯 알만! 아니야. 내 딸 나이만큼만! 에라, 내 나이만큼만! 아이고, 한 송이를 다 먹어버렸네! 죄송합니다. 어? 장미야! 아내에게 청혼했을 때 이 장미와 꼭 같은 꽃을 주었지. 아리한테 한 송이 갖다 줘야겠다. 제 어미가 얼마나 저를 사랑했는지 들려 줘야지. 큼큼 이상하네, 향기가 없어. (이 꽃 저 꽃을 꺾어 본다. 냄새를 맡는다)

야 수   누가 내 장미에 손을 댄 거냐? 누가 내 포도를 다 먹어치 운 거야? (동경이는 아비를 가리킨다) 네 이 놈! 넌 내 성을 지키는 푸른 밤의 눈알을 다 먹어치웠구나. 너는 내 성을 밝히는 환한 장미꽃을 꺾어버렸어! 너는 벌을 받아야 한다. 새 포도알이 영글고 장미꽃이 새로 필 때까지 넌 내 성에서 나가지 못하리라.

(아비, 뿔 사슴 가면을 덮어쓴다. 아비는 벽으로 가 붙는 다. 아비는 이제 몸은 벽 속으로 들어가 버리고 헌팅 트로 피가 되었다. 벽면엔 다른 동물 머리들이 부착되어 있다. 아비, 구슬피 운다)

도 창   봐라봐라 저거 봐. 궁둥이가 녹아들어
          찰떡처럼 벽으로 철썩!

반죽처럼 녹아들어 벽 안에 찰싹!

저 벽이 꿀꺽, 저 담이 꼴깍.

우물우물 벌렁벌렁

할 말을 잊고 숨도 삼키고

앞발은 쩌억, 발굽이 되었고나.

화산이 터져 진흙이 덮친 듯

고개를 처박고 가랑이 벌리고

눈만 꿈벅꿈벅, 콧구멍은 벌름벌름

무슨 일이 일어났는지 무슨 짓을 내게 한 건지

소리쳐도 보지만 사방 벽을 담쟁이가 덮는구나.

꿈결처럼 저 눈이 말을 하네,

나도 한 때 사람이었다고.

사슴아, 여우야, 곰아 새로이

말을 배워야겠구나 우어우어우어어

동경이	잠깐! 난 안 돼! 나는 잡아먹으려고?
야 수	안 잡아먹어.
동경이	내 주인이 될 셈이냐? 난 동경이야! 아무한테나 꼬리치지 않겠다고 맹세한 나, 꼬리 없는 개 동경이라고!
야 수	동경아.
동경이	날 묶어둘 생각도 하지 마!

야 수	이 성에서 마음껏 살아도 좋아. (열쇠 꾸러미를 목에 걸어
	준다)
동경이	헐!

아빠를 찾아서

(두 소녀, 종이컵으로 통화를 한다)

아 리	어떡해. 아빠가 집에 오시질 않아. 나한테 정말 실망하셨
	나봐.
공 주	너희 아버지, 개를 끌고서 저 고개를 넘어갔대. 우리 엄마
	가 봤대.
아 리	정말? 거긴 들장미 가시에 찔려 아무도 들어가 보지 못한
	성이 있다고 하던데? 공주야, 나랑 같이 가 줄래?
공 주	잠깐만! 네, 엄마 가방 다 쌌어요. 아리야, 미안해, 같이
	못 가. 난 엄마한테 잡혀서 열심 공부 캠프엘 가야 해. 돌
	아올 때면 이 마을에서 제일 똑똑한 사람이 되어 있을 거
	래. 엄마, 가요, 가.

야수의 성

동경이 으르렁 크르렁 은혜 갚을 생각 따위 조금도 없지만 뭐, 이
성을 끝내주게 잘 지켜주지.

노 래 개가 늑대로 보이는 시간, 무섭지?
개가 늑대로 보이는 시간, 낯설지?
(헌팅 트로피들에게)
동경이 실망이 되는 시간, 화나지?
붉은 해와 검은 어둠이 섞여 보랏빛 시간,
삶과 죽음이 합쳐져 어둑한 시간
꼬리는 몸통에 녹아들고
이빨이 잇몸에서 솟아나는 시간
나는 이런 시간이 참 좋아.

아 리 오늘은 비가 오려나. 아침 해 뜨는데 까치놀 붉네
(가는 길에 줍는다) 아빠 손수건, 아빠 신발 끈, 아빠 양말?
구멍이 났네!
빨주노초파남보 빨주노초파남보 이슬은 영롱해
(깨금발 뛰면서) 이 금을 밟으면 아빠는 안 돌아와
이 금을 피하면 아빠는 화를 풀어

'비 온 뒤의 무지개 빨주노초파남보

꽁꽁 언 날 너는 나의 핫 초코

춥고 비 온 날 너는 나의 무릎 담요

(아비의 노래 소리 겹친다)

아 리   계세요. 우리 아빠를 보셨나요? 아리가 왔어요. 이상한
        정원이네. (동경이가 컹 짓는다) 이상한 개네. 꼬리가 없
        어. 꼬리가 없으니 내가 마음에 드는지 아닌지 도무지 모
        르겠네. 너, 우리 아빠를 본 적 있니?

        (야수, 기척을 낸다)

아 리   아빠, 아빠에요? 숨지 마세요. 죄송해요. 너무 오래 되어
        엄마를 잊었어요. 다락방을 뒤졌더니 여기 긴 머리카락,
        두 개나 찾았어요. 분명 엄마 걸 거예요. 오르골은 꼭 다
        시 찾아 올 게요. 아빠, 이 향수 병요. (뚜껑을 연다) 보세
        요. 꼭 그대로에요. 한 방울도 흘리지 않았어요. 이렇게
        좋은 향기는 어디에도 없을 거예요. (장미꽃을 보고) 아
        이, 예뻐라. 향기가 없네? (향수병을 열어 한 방울을 장미
        에 떨어트린다. 그 장미를 꺾어 꽃잎 점을 친다) 아빠는
        나를 사랑한다. 안 한다… 한다, 안 한다. 아아 슬퍼라, 아

빠 이제 날 사랑하지 않는 거야? 어? 이 꽃에서는 향기가
나네? 다시 해볼래. 아야! (장미가시에 찔린다. 놀라서 향
수병을 떨어트린다) 다 쏟아졌어. 어떡해. 어떡해. 아빠
는 이제 날 절대 용서 안 할 거야. 아빠?

야 수   고개를 돌려! 날 똑바로 봐선 안 된다.

아 리   당신은… 내 오르골을 훔쳐간 도둑?

야 수   넌 허락도 없이 내 성에 들어왔고, 내가 애써 피운 장미에
손을 댔어. 향기가 나는 단 한 송이 장미였는데!

\<야수의 노래\>

어디로 가버렸나 달콤한 그 향기는
꽃잎의 소용돌이 오늘도 울고 있어
가만히 꽃잎 안을 들여다보네
감아 감아 감아 안으로 감고 있어
휘어 휘어 휘어 밖으로 휘고 있어
꽃잎은 피는 게 아니야 장미는 솟구치네
나사처럼 허공에 박히려고 고함을 질러
하늘을 향해 눈물을 흘려
장미의 비명, 비명을 참으려고 가시를 만들어내
너는 내 장미꽃잎에 고인 눈물을 봤어.
내 꽃밭에 잘못 내린 너는 종이(로 만든) 나비

날개 젖어 어디도 못 가네, 날개 구겨져 다시는 못 날아가

아 리	미안해, 난 그저 아빠를 찾으러 왔을 뿐이야. 우리 아빠 못 봤어?
야 수	그 아버지에 그 딸이로군! 넌 향기 나는 장미가 꽃을 피울 때까지 내 정원에서 벌레를 잡아야 해. 동경아, 이 무례한 아가씨를 지켜, 도망가지 못하게!
동경이	으르렁!

(아리는 동경이에게 쫓겨 안으로 들어간다)

아 리	으악, 이게 뭐지? 야수가 사냥한 짐승들일까? (뒷걸음질 친다) 그러고 보니 무슨 냄새가 나는 것도 같아. 누린내? 비린내? 아, 이럴 때 향수가 있었더라면.
동경이	컹! 내 털이 비를 맞아서 그런 거라고. 멍충아.
아 리	이번엔 개가 말을 하네. (스륵 기절한다)

(야수, 아리를 들어 카우치로 옮긴다)

동경이	어쩔 작정이야? 여자 아이를 성에 들여놓다니. 무슨 꿍꿍이야? 벽걸이로 변신시키라고, 어서!

야 수   장식은 충분해. 너를 돌봐줄 누군가가 필요할 뿐이야.

동경이   혼자서도 잘 하거든! 연못의 물을 마시면 되고 하루 두
         번 사료 한 줌 밖에는 필요한 게 없어요. …설마? 너, 기대
         하는 거야? 널 사랑할 리 없잖아! 너, 아직 꼬리가 남았구
         나. 나처럼 꼬리가 없으면 좋을 텐데. 날 봐. 꼬리가 없으
         니 바라는 것도 없어. 누가 나를 쓰다듬으려고 하면 난 손
         을 꽉 물어버릴 거야. 인간이란 사랑 다음엔 매를 때리지.
         매질이 더 큰 사랑이라고 우긴다니까. 날 봐, 꼬리가 없으
         니까 매질도 안 따라오는 걸!

야 수   (그만 떠들라는 듯 개 껌을 던져준다)

동경이   (반갑게 개 껌을 물고 뜯는다)

아 리   (앞치마를 하고서 일어나 앉는다) 난 지금 계속해서 나쁜
         꿈을 꾸고 있는 거야. 구불구불 애벌레, 부숭부숭 털벌레,
         으윽 징그러워. 아침 한 나절을 벌레만 잡았어. 그렇지만
         그물을 짜 아침 이슬을 모으는 무당거미는 귀여워. 누군
         가 밤새 울기라도 한 걸까? 장미꽃에 눈물이 고여 있지 뭐
         야. 이걸 모으면 엄마의 빈 향수병을 채울 수 있을 거야.
         아아, 오후엔 이 큰 성을 청소해야 해!

         (먼지떨이로 트로피에 앉은 먼지를 떨어낸다, 아리가 다

른 쪽으로 고개를 돌릴 때마다 헌팅 트로피들, 소리 없는 재채기를 한다)

아 리   뿔 달린 사슴아, 크리스마스엔 썰매를 끌고 선물을 꼭 배달할 수 있을 거야! 불곰아 안녕? 꿀통을 놓쳐버렸니, 왜 표정이 슬퍼 보이는 거니? 은빛 여우야, 눈 내리는 꿈을 꾸고 있니? …아아, 나도 야수에게 잡아먹히는 건 아닐까? 너희처럼 벽걸이가 되어버린다면 어쩌지? 그건 제일 나쁜 꿈일 거야. 엄마, 저를 지켜주세요.

(향수병을 꺼내 냄새를 맡는다. 사이, 크게 하품한다)

아 리   비온 뒤의 무지개 빨주노초파남보
꽁꽁 언 날 너는 나의 핫 초코
춥고 비온 날 너는 나의 무릎 담요

아빠랑 함께 불렀는데… 아빠…….

(아리는 카우치에서 그대로 잠든다. 꿈꾼다. 뿔 사슴 머리가 다가와 아리를 들여다본다. 담요를 덮어준다. 이마를 쓸어준다. 아리, 잠결에 사슴뿔에 앞치마를 벗어 건다.

다시 쓰러져 잠든다)

<헌팅 트로피들의 노래>

　　　　　　　졸졸졸 시냇물 흐르고요.

　　　　　　　아지랑이 피면 노란 수선화,

　　　　　　　하얀 은방울꽃 엄마 무덤으로 가요.

　　　　　　　여름 되면 하얀 은사시, 구름이 걸리는 미루나무

　　　　　　　산비둘기 둥지를 떠나 편지를 전하네

　　　　　　　가을 오면 도토리 굴러 구멍 앞으로!

　　　　　　　겨울 잠 자면서 봄이 오기를 기다리네

　　　　　　　사랑한 기억이 떠오르면 머리는 다시 생명을 얻으리라.

　　　　　　　사랑한 기억이 떠오르면 머리는 다시 생명을 얻으리라.

도 창　　　　방울방울 한 방울 모아 한 병이 되고

　　　　　　　송이송이 한 송이 모여 한 다발 되리

　　　　　　　하루 하루 한 계절 흘러 어느 새 아리는 한 살을 더 먹었

　　　　　　　겠다!

아 리　　　　(일어나서 장미가 담긴 양동이를 놓고 가시를 제거하고

　　　　　　　있다) 아야! (아리의 손에 장미 가시가 박힌다) 아름다운

　　　　　　　장미야, 넌 왜 이렇게 성이 났니? 오늘 장에 가면 내 친구

공주에게 나 여기 잡혀 있다고 소식을 전해주렴. (한숨) 거름더미로 가지 않으면 다행이지. 향기 없는 꽃을 누가 사겠어.

(야수와 동경이 장에 갈 차비를 하고 들어선다)

동경이	우리 오늘 마을 장에 간다! 서둘러! 장미가 많이 팔려야 내 간식을 산단 말이야.
야 수	여기 가시막대기를 둘게. 산돼지가 정원을 습격하면 혼을 내 줘. 알겠지?
아 리	웅! 아, 이마가 뜨거워. 가시 독이 퍼졌나봐.
야 수	좀 봐.
아 리	싫어.
야 수	내가 싫은 건 알아… 그냥 두면 곪을 걸? 더 크게 아플 수도 있어.
아 리	(하는 수 없이 손을 내민다)
야 수	깊이 박혔네. 빼내지 않으면 안쪽까지 곪아. 가시가 녹아서 살이 되는 법은 없어.
아 리	(야수와 가까워진다. 싫어서 눈을 질끈 감는다)
야 수	그렇게 내가 싫은 거야?
아 리	(외면한다) 도대체 이렇게 사나운 장미를 연인들은 왜 주

고받는 거야?

야 수   부드러운 맹세 다음엔 날카로운 가시, 사랑의 말 다음엔
서로의 가슴 속에 가시를 박을 거라는 걸 알리는 거야. 빠
졌다. 여기, 이 가시 보여?

아 리   (야수와 가까워진다. 야수의 눈빛이 따뜻하다)

(아리와 야수의 노래, 어느 순간 이중창이 된다)

아 리   뜨끔 따끔 뜨끔 따끔 이 마음은 뭐지?
손가락에 박힌 가시는 뽑아냈는데 더는 아플 리도 없는데
내 가슴은 뜨끔 따끔 새 가시가 박혔나봐
화끈 화끈 뜨끔 따끔

야 수   뜨끔 따끔 뜨끔 따끔 이 마음은 뭐지?
손가락의 가시 내게로 왔나봐 나를 아프게 하네
아리의 눈동자, 거울 없는 내 성에 거울이 되어
보고 싶지 않았는데 내 모습을 비추네.
뜨끔 따끔 내 모습이 나를 아프게 해.
뜨끔 따끔 내가 나를 찌르네. 내 못난 얼굴로, 야수-

(아리, 자기 마음에 당황해서 벌떡 일어난다. 무릎에 놓인
꽃병의 물이 옷에 쏟아진다)

아 리	나쁜 도둑! 내 오르골을 가져갔지?
야 수	이깟 낡은 오르골 따위… 자, 가져가.

(아리, 얼른 받는다. 오르골 태엽을 감아본다. 음악 소리
가 나지 않는다)

| 아 리 | 나빠, 네가 망가뜨렸어! …못생긴 괴물! 마음까지 심술쟁
이야. (과격하게 태엽을 다시 감는다. 뚝 끊긴다) 일부러,
일부러. 아빠한테 용서받지 못하게 하려고. 나도 나쁜 아
이를 만들려고! (오르골을 내팽개치고 퇴장한다) |
|---|---|

(야수, 오르골을 주워 감아본다. 끼익거리는 소리… 천천
히 천천히 다시 감아본다. 잡음에 섞여 힘겹게 돌아간다.
귀 기울인다)

도창과 코러스 <노래 : 되돌릴 수 없는 시간>

　　　　깨진 접시를 붙일 수 있어? 있지!

　　　　터진 인형을 꿰맬 수 있어? 있지!

　　　　쏟아진 우유 잔 행주로 훔쳐

　　　　쭈욱 다시 짜서 원 샷!

　　　　마실 수 있어? 있지! (으웩)

떨어진 꽃대궁 딱풀로 붙여

꽃밭에 세우면 그 꽃은 산꽃인가 죽은 꽃인가

잘려진 나무 파괴된 숲, 녹조 라떼

더럽혀진 강물 되돌릴 수 있어, 없어

부러진 크레용, 갈라진 지우개,

굴러간 축구공, 발로 찬 유리문

쥬스로 갈아버린 빠알간 딸기!

(딸기는) 밭으로 갈 수 있어, 없어

두부가 콩밭으로? 도토리묵 메밀묵 말짱 도로묵?

양념 반 프라이드 반 치킨이 알을 낳고,

삶은 달걀에선 병아리가 나오네

털 뽑힌 오리털 파카, 헤엄 칠 수 있어 없어

흰쌀밥에 스팸 한 접시 돼지가 다시 태어나는 시간

안 돼 안 돼 못 해 못 해 되돌릴 수 없지 돌아갈 수 없지

망가진 시간들, 부서진 마음은, (먹어치운 생명은)

공주야 와 줘

아 리   (씩씩거리며 옷장을 열어 옷을 꺼내 대충 갈아입는다) 예
쁜 옷이 수십 벌 있으면 뭘 해? 이 성엔 거울 하나 없는

116

데! …내 친구 공주가 오면 얼마나 좋을까, 이 옷 저 옷 입어보고 같이 패션쇼도 하고…….

(책상에 앉아 편지를 쓴다)

아 리 　공주야, 공부캠프에서는 돌아왔니? 넌 우리 마을에서 제일 똑똑한 아이가 될 거랬지? 난 매일 밤 무서운 꿈을 꿔. 풀리지 않는 수학문제 같아. 너라면 이 성의 비밀을, 내 꿈속에 들리는 노래의 수수께끼를, 엉킨 실타래를 풀 수 있지 않을까? 공주야 난 어둠 속에 있어, 왜 장미는 향기나는 꽃을 피우지 않는지, 아빠는 어디로 사라진 것인지, 동경이는 나를 좋아하는지 싫어하는지, …털에 가려진 눈동자는 무얼 말하고 있는지 알고 싶어. 공주야 와 줘.

(동경이 들어온다)

동경이 　나 불렀어?
아 리 　응? 응! 나 부탁이 있어. 편지를 좀 전해줘.
동경이 　몰래?
아 리 　몰래!
동경이 　그럼 뭘 해줄 건데?

아 리	닭 가슴살을 콕콕 박은 고구마 케이크?
동경이	좋아! 그보다 너 야수한테 떨어져! 내가 걔 유일한 친구야.

(암전된다. 사이, 성문을 두드리는 요란한 소리)

공 주	문 좀 열어주세요. 여기야? 내 친구 아리가 여기 있어? 마을에서 제일 똑똑한 공주가 왔어!
아 리	공주야, 공주가 왔어!
공 주	아리야! 나야 공주야. 너, 가서 주인 나오라고 해. 왕자님은 어디 계시니? 이놈의 개는 계속 으르렁 거려. 무슨 생각인지 꼬리가 없으니 알 수가 있나? 이런 성엔 왕자가 사는 게 틀림없는데! 왕자한테 공주가 왔다고 전해. 너, 나를 여기까지 데리고 왔으면서 이제 와 나를 의심하는 거니? 내가 공주가 아닌 것 같아?
동경이	네가 진짜 공주인지 아닌지는 나 알 바 아니고!
공 주	대박! 개가 말을 하네! 너, 인공지능로봇이었던 거야? 대박!
동경이	날 밝으면 짐 싸서 네 친구나 데려가 버려. 네 친구가 내 자리를 넘보고 있다고!

(야수, 촛불을 들고서 얼굴을 가리고 나온다. 천둥 벼락이 친다)

아 리	제발, 내 친구 공주를 하룻밤만 자고가게 해줘. 오늘 밤만 오늘 밤만.

(다시 천둥이 친다)

공 주	우박이 쏟아지네. 설마 이런 날씨에 손님을 돌려보내지는 않겠지?

(우르르 쾅쾅 다시 천둥이 친다. 촛불 꺼진다. 어둠 속에 몸을 숨기고 야수가 말한다)

야 수	(소리만) 오늘밤만은 묵어가도 좋아. 단, 밤 12시 종이 치면 방에서 나와선 안 돼. 특히 저기 맨 안쪽 방은 절대로 열어보면 안 돼! 그럼 편히 쉬다가 가도록 해.
공 주	왕자님이야. 왕자님! 안녕하세요, 왕자님! 엄마가 이 성엔 왕자가 살 거라고 왕자님을 만나면 공손히 인사하라셨어요. 왕자님이신가요? (다가가려 한다. 동경이가 사납게 짖는다) 너, 명령어를 다시 입력해야겠다. 잘 들어. 도우미 개 로봇아, 난 손님이야. 손님한테는 친절히 대해야해. 너 불량품인 거냐? 꼬리도 없고, 친절한 마음씨도 없구나. 친구도 없지 너?

동경이	으르렁, 컹!
아 리	내 방으로 가자.
공 주	아리야! 보고 싶었어. 네가 사라진 이후 난 공부만 했어. 새 친구는 거들떠보지도 않았단다. 와, 이 성 멋지다!
아 리	얼른 내 방으로 가자.
공 주	구경 좀 하고!
아 리	넌 이 벽장식들이 안 무서워? 어쩐지 나를 노려보고 있는 느낌이 들어.
공 주	뭐가 무서워? 이 집 왕자도 쫌 힘들겠다. 왕비님이 들들 볶는 게 분명해. 우리 엄마도 얼마 전에 내 방을 이렇게 꾸며주셨지 뭐야. 이건 헌팅 트로피라는 거야. "네 인생의 승자가 돼! 잡을 수 있는 건 다 잡아! 인생에서 진정한 사냥꾼이 되어야 해" 우리 엄마야말로 야수라니까. 참, 왕자는 잘 생겼니? 왜 얼굴을 안 보여줘?
아 리	웅, 뭐…….
공 주	너, 아프다며? 열난다며? 자, 우리 엄마 특제약 딸기맛 시럽, 감기 떼 내는 데는 최고야!

(두 소녀는 시럽을 나눠마신다)

아 리	공주야, 네가 오니까 정말 좋아, 다 나았어! 내 옷장 구경

을 시켜줄게!

공 주 　　　와, 멋지다. 뭘 입을까?

복도에서

(작은 등불을 켜고 오르골을 고치는 야수의 모습 보인다)

야 수 　　　아빠의 오래된 공구함… 얼마 만에 열어보는 걸까? 이게

　　　　　　여기 있었네…?

(공구함 안에서 야수가 어린 시절 갖고 놀던 로봇이 하나

나온다. 로봇을 작동해본다)

왕 　　　　(기억 속의 소리) 자, 움직인다. 찰각찰각 잘 걷지?

왕 비 　　　아빠 실력 굉장하다!

어린 소년의 소리 　아빠가 최고야.

(웃음소리, 높아진다. 야수 혼란스러워한다. 멍해진다.

드라이버를 떨어트린다)

동경이   그만 둬. 그 곰 손으로 뭘 하겠다고! 공을 던져, 물어올 게. 나하고 놀아.

야 수   … (사이) 동경아, 난 왜 이러냐. 사나운 손…, 모든 걸 망가트리는 손…. 내 손이 닿는 곳은 다 부서지고 말아. 어린 시절 갖고 놀던 장난감, 엄마와 함께 쌓은 모래성… 다 무너지고 남은 것은 나 홀로… 장미정원도 내가 다 망쳤어. 엄마 아빠 사이도 내가 부서트렸어. 난 야수야. (절망에 고개 숙인다)

환상 속으로

(옷장을 열어젖혀 보여준다)

아 리   자, 봐. 백설 공주 옷을 입을래?

공 주   예쁘다.

아 리   겨울왕국 드레스는 어때?

공 주   이것저것 다 껴입을래. (사이) 왕자님, 백설 공주는 어때요, 마음에 드나요? 신데렐라는요 어때요? 라푼젤은요? 아리엘은요, 자스민이 마음에 드나요?

(옷을 잔뜩 입었다. 순간 문 앞에 과일접시를 갖다놓는 야
수, 엿듣는다)

공 주   아리야, 나, 이 성의 왕자님께 날 소개해줘.

아 리   안 돼!

공 주   너, 왕자님을 좋아하는구나?

아 리   뭐 그냥…….

공 주   축하해! 난 너의 가장 친한 친구야. 네가 좋아하는 사람이
          라면 내가 꼭 만나봐야지.

아 리   안 돼! 저기 공주야… 오늘 밤은 그냥 우리 둘이 지내면
          안 될까?

공 주   너 참 이상하다. 난 너의 왕자님을 만나고 말거야. 너의
          왕자님은 어떻게 생겼니? 백설공주에 나오는 왕자처럼
          생겼어? 잠자는 숲속의 미녀를 깨우는 왕자? 아니면 인어
          공주에 나오는 그 얼음조각 미남왕자?

아 리   아니, 아니, 아니 그게 아니야! (고개를 흔든다)

공 주   너의 왕자님을 꼭 만나고 말겠어!

(공주, 힘차게 커튼을 걷는다. "콜록콜록" 먼지가 난다. 샹
들리에 조명이 커지고 왈츠 음악 흐른다. 그곳엔 헌팅트
로피 머리를 쓴 사람들이 인형처럼 도열해있다. 오르골

을 장식한 인형처럼 둘씩 손을 맞잡고서 천천히 움직인
다. 두 소녀, 춤을 추면서 사람들 속으로 들어간다. 두 소
녀 황홀한 듯 춤을 춘다. 어느 순간 쇠문이 텅 열린다. 두
소녀 빙글빙글 돌다가 놀란다. 모든 것이 정지한다. 아리,
공주의 손을 얼른 이끈다. 소녀들 테이블 밑으로 들어가
숨는다. 테이블보로 가렸다)

공 주   왜?
아 리   쉿!

(동경이, 음식을 나른다. 헌팅트로피들 다시 춤추기 시작
한다. 야수가 단상 위 놓인 왕좌에 앉아 생각에 잠긴다)

<노래>

굴러온 도토리, 굴러온 도토리, 과연 싹이 날까.
(테이블 밑으로 소녀들의 발이 삐져나온다)
어머, 이상한 부스럼 같은 싹이 나왔네.
작은 그 눈이 검은 숲속을 들여다보네.
너무 오래 서있었나, 다리에서 버섯이 자라네
그 버섯을 따다가 스프를 끓여 마시네
파티가 시작되네,

뿔사슴 입속으로 도토리 굴러와 우적우적

산돼지 어금니로 와삭와삭,

곰발바닥 속으로 바삭바삭 밟혀 사라지네

도토리 한 알 은여우 귓바퀴에 귀걸이로 매달렸네,

천국에서 보겠네

꿀꺽 꿀꺽, 꼴깍 꼴깍 꼬마야 달아나 이 성은 움직이는 성

밤마다 유령들 옷자락을 끌면서 검은 늪 속으로 들어가네.

장미 정원 뿌리 속에는 누구의 해골바가지인가

굼벵이가 눈자위에 잠자리를 틀었네, 무서운 꿈을 꾸네.

(커튼이 바람에 날린다)

야 수   자, 아빠 엄마! 눈을 마주보세요. 맞잡은 손이 너무 차다
고요? 우리 집을 사막 모래로 만든 게 아버지잖아요. 우
리 정원을 얼음 정원으로 만든 건 엄마고요. 모래에서 자
란 장미는 꽃잎 모양이 제대로 안 생겨요. 얼음 정원에서
핀 꽃은 싱싱하지만 향기가 없죠, 두 분은 발을 맞추셔야
해요.

<부조리한 노래>

옆집 아이를 봐, 일등만 하잖아, 남의 떡이 맛있다

누굴 닮아 그 모양, 내 탓이 네 탓이다, 네 복이 내 복이다
신경질에는 미모사, 고약한 데는 이명래 고약
심심하면 소금라면,
집착에는 '사랑해서 그런 거야' 오래된 딱풀!

아 리	공주야, 그거 먹으면 안 돼.
공 주	왜? 이렇게 맛있는 걸?
아 리	이건 꿈이야. 꿈속에서 먹으면 감기 걸려.
공 주	나, 이런 뷔페는 처음이야. 문제를 안 풀어도 정답을 못 맞춰도 마음껏 먹을 수 있어.

(비어 있는 접시들, 뚜껑 달린 그릇들이 공주 눈앞을 지난다)

공 주   저거 안 보여? 닭다리 진짜 크다. 수북이 쌓였어. 피자 좀
          봐. 원주율 따위 계산하지 않아도 돼. 정말 그냥 먹어도
          되죠? 몇 조각으로 나눠야 여덟 명이 골고루 먹을 수 있냐
          고? 알게 뭐야. 와, 세상에서 제일 큰 컴퍼스로 그려도 저
          렇게 큰 케이크는 못 만들어. 어머 저 소 좀 봐. 아이스크
          림 똥을 누고 있네. 와, 이 마네킹은 초콜릿으로 만든 거
          야? 눈 속에 바퀴벌레가 들어있네!

126

(음식을 따라가다가 그만 야수의 얼굴을 보고 만다)

공 주   으악! 으악! 이 괴물아, 끔찍하게도 생겼구나! 너, 내 친구
         한테서 떨어져.

         (공주는 가시 지팡이로 야수를 힘껏 후려친다. 야수는 상
         처를 입는다. 공주, 헛것을 보고 계속 휘두른다. 공주는
         목이 타서 "물! 물!" 외친다. 동경이 병을 내민다. 공주는
         꿀꺽 마신다. 공주, 순간 정신을 잃는다. 깊이 잠든다)

아 리   동경아, 너 뭘 먹인 거니?
동경이   이제 다른 꿈을 꿀 거야. 약초 시럽!
아 리   괜찮아? 피가 흐르고 있어. 가시 독이 퍼질 거야.
야 수   (얼굴을 감싸고 웅크린다) 날 내버려둬. 네 친구를 따라
         마을로 돌아가! 넌 약속을 어겼어. (시계 종이 울린다) 이
         제 이 성은 문이 닫힐 거야. 장미 정원에 향기는 영원히
         돌아오지 않아.
아 리   그건 내가 장미의 눈물을 몰래 모았기 때문이야. 엄마의
         향수병을 채우려고 했을 뿐이야. 미안해…….
야 수   이대로 날 내버려둬. 난 영원히 나쁜 꿈속에서 살아 갈 거
         야. 자, 가져가. (오르골을 내민다) 이 소리를 들으면 깊이

잠 들 수가 있었어. 하지만 이제 소용없어. 가! 가버려! 나는 야수, 그야말로 누구라도 나를 싫어해. 인간도 짐승도 아닌 나, 넌 나를 무서워했지? 친구 앞에서 날 부끄러워했어! 이게 이빨인 줄 알아? 아니야, 가시야. 네가 내 입안에 쑤셔 넣은 가시! 이 가시를 뱉어낼 수 있다면. 나를 차라리 거꾸로 매달아서 이 아픈 가시를 빼줘.

아 리 미안해. 미안해. 너를 아프게 할 생각은 없었어.

야 수 가! 가버려. 내 입에서 돋은 가시는 네 마음을 결국 아프게 할 거야. 네 가슴 속에 박히고 말거야. 난 너무 많이 봤어. 아버지 입 속의 가시는 엄마 가슴으로 가 박혔어. 날카롭게 찔린 마음, 가시 박혀 멍든 혀!

(공주가 깨난다)

공 주 떨어져. 내 친구한테서 떨어져, 이 괴물아!

야 수 네 친구를 데리고 꺼져버려!

공 주 흥, 왕자 같은 건 역시 없어. 성 안엔 못난이 야수가 살뿐이라고 엄마한테 말해줄 거야. 아리야, 가자.

아 리 너 혼자 가! 야수를 돌봐야 해.

공 주 아리야, 너 아프니? 야수가 왕자냐, 왕자가 야수냐? 아이고 머리 아파 순서가 뒤죽박죽! 아리야, 정신 차려! (뒷걸음질 치며) 마을에 가서 어른들을 데리고 올게. 야수를 때려잡자!

(공주 황급히 퇴장하고, 야수는 비틀거리며 작은 방으로 간다. 조명만으로 우리 속 같은 작은 방을 표현할 수 있겠다)

아 리   문을 열어줘. 제발! (두드린다)

(야수, 네모난 작은 방에서 괴로움에 뒤척인다. 동경이 문을 긁으며 낑낑거린다)

아 리   동경아, 우리 같이 기다리자. 동경아 노래할까?

비 온 뒤의 무지개 빨주노초파남보
낑낑 언 날 너는 나의 핫 초코
춥고 비온 날 너는 나의 무릎 담요…….

기다리면 나올 거야. (사이) 너, 앞이 안 보이겠다. 털이 다 엉켜버렸어. 빗겨줄게. 이거 엄마가 쓰시던 빗이야. 엄마도 괜찮다 하실 거야. 넌 소중한 동경이니까. (동경

이의 눈동자가 나온다. 머리핀을 꽂아 준다)

동경이   컹! (시원해서 춤추듯 뒹군다)

메아리 방에서

(화를 나게 하는 말들이 증폭되어 들려오는 방이다. 소리
의 거울방인 셈이다. 야수는 외롭게 웅크린 채 돌아 누워
있다)

사방의 소리들

넌 나쁜 아이야 아이야 아이야

넌 냄새 나는 아이야. 아이야 아이야

넌 사랑받지 못하는 아이야.

넌 추해. 넌 못난이야. 넌 야수야.

(사이)

넌 뭘 잘 했어?

넌 뭘 잘 했어?

왜 말을 못 알아듣니?

왜 말을 못 알아듣니?

씻고 자랬지

씻고 자랬지

빈둥거릴래?

빈둥거릴래?

어지르지 좀 마

어지르지 좀 마

공부나 해

공부나 해

그렇게 하면 누가 널 좋아하겠니

그렇게 하면 누가 널 좋아하겠니

누굴 닮은 거야

누굴 닮은 거야

넌 항상 왜 그 모양이야

넌 항상 왜 그 모양이야

너를 낳는 게 아니었어.

너를 낳는 게 아니었어.

| 야 수 | 화가 나, 견딜 수 없어. 내 안의 야수가 자라나. |

야 수   화가 나, 견딜 수 없어. 내 안의 야수가 자라나.

내 안에 가시가 자라나,

내 안에서 으르렁 한 아이가 울고 있어.

불꽃이 점점 커져. 불꽃이 전부 삼켜. 세상을 다 태워.

아 리   불을 던져서 불을 끄지 말아줘. 모든 것이 재가 돼버려.

야 수   세상을 다 씹어버려. 다 밟아버려. 다 없애버릴 거야. 난
        야수야, 모두들 두려워해, 도망을 가, 아무도 내 곁에 없
        어. 내가 원하던 바야.

        (방 한 가운데 얼음화로 속에서 불꽃이 타오른다)

야 수   분노의 씨앗, 냉정의 씨앗이여 타올라라. 그래요, 어머니.
        어둠이 몰려올 때까지 난 의자에 앉아있죠. 저기 구석에
        서 먼지처럼. 이 방은 화를 불꽃으로 돌려주는 방…, 나는
        야수! "(아버지의 말소리) 생각을 해, 생각을! 네가 사람
        이 되려면 생각을 해봐!" 생각하면 할수록 나는 사람이 되
        고 싶지 않았어. 화가 났어. 화를 낼 때마다 손발이 커지
        고 이빨이 돋아났지. 온몸에 털이 나고 손톱 발톱이 자랐
        어. 눈은 미친 듯 빛나고 목소리는 으르렁, 크르렁 변해갔
        어. 난 야수가 되었지. 난 야수야. 내 이름은 야수-!

        (동경이가 목에 건 열쇠를 아리에게 내민다. 아리, 문을
        열고 들어간다)

아 리   내 눈을 봐, 나쁜 꿈에서 깨자. 내 가슴 속에 눈물이 흘러,
        네 마음 속 불꽃을 꺼트려, 너와 나 마음 계곡 사이에 비

132

구름을 내려, 메마른 마음을 적셔, 사막같은 거인의 정원에서 장미가 피어날 거야. 불의 고리를 우리 함께 건너뛰자. 모든 것은 변해…. 우리 함께 무지개를 보러 가자.

야 수　　내 무지개는 못 봐, 어둠에 묻혀있어…….

아 리　　(오르골을 연다) 이 자장가가 우리를 다시 아이처럼 재워줄 거야. 푹 자고나면 나쁜 꿈도 끝나 있을 거야. … 내 꿈에 네가 나왔어.

야 수　　그 꿈은 좋은 꿈일까, 나쁜 꿈일까.

아 리　　모르겠어.

야 수　　나쁜 꿈이라면 내가 흔들어 깨워줄게.

아 리　　좋은 꿈이라면 내 꿈을 너에게 줄게.

(아리는 향수를 화로에 뿌린다. "아, 좋은 향기가 나" 순간 정원의 장미꽃 향기가 돌아온다. 망가진 오르골에서 노래 절로 흘러나온다. 오르골 소리 방안을 채운다. 야수의 어린 시절 듣던 자장노래다. 야수는 어느 순간 왕과 왕비가 자신을 사랑했다는 것을 떠올린다)

아 리　　(야수에게 팔베개를 베어준다) 우리 지평선을 보러 가자.

야 수　　지평선… 어린 시절에 보았지… 엄마의 팔베개… 엄만 나를 사랑했었구나!

(순간 회오리치는 커튼과 음악 소리들… 야수, 소년으로 돌아온다. 헌팅 트로피들 사람들로 돌아온다. 사람들, 서로에게 내미는 장미꽃송이……)

소 리   이 꽃은 영원히 시들지 않으리라.

아 비   아리야, 나의 예쁜이 아리야. 넌 꼭 미녀가 될 거야. (아빠도 돌아온다)

아 리   아빠, 아빠의 보물단지 여기 있어요. 모두 다 그대로에요.

아 비   내 제일가는 보물단지는 아리 너란다!

동경이   이번 장이 열리면 꼬리를 하나 사서 달아볼까?

아 비   (기지개를 펴면서) 나쁜 꿈만은 아니었어. 끼니를 벌고 세금을 내야 하는 것도 짐, 마누라에 대한 그리움도 짐, 너무 무거운 짐을 오래 지고 있었나봐. 어깨가 다 뻐근하네. 한잠 푹 자고나니 힘이 불쑥 나는 걸!

노 래   시들지 않는 사랑의 장미 사세요. 영원한 마음은 없어요. 매일 매일 정성들여 새로운 장미를 피우세요. 사랑해, 첫눈처럼 입 맞추고, 용서해, 장미를 적시는 이슬처럼 눈 맞추세요. 한마디 진주 같은 말, 네가 좋아, 다행이야, 이대로가 좋아.

| 아 비 | 내 예쁜이 아리야, 자라면 미녀가 될 거야 암 미녀가 되고 말고! |

<아리의 노래>

아빠 사랑해요. 동경아 사랑해. 야수야 네가 최고로 멋져.
아빠 나는 작은데 이 큰 사랑이 어찌 내 안에 있나요.
내 눈은 작은 데 이 큰 하늘을 어찌 볼 수 있을까요.
내 발은 작은데 이 큰 대지를 어찌 밟고 있나요.
아빠 나는 미녀가 아니라 (미녀는 아니에요) 마녀가 될래요.
슬픔을 웃음으로 바꿀래요 맛없는 것도 맛있게
지루한 시간도 재미있게 미녀보다는 마녀가 될래요.
죽은 땅에 꽃을 심고 눈물을 진주로,
마법의 성 가시 정원에 향기 나는 꽃을 피울래요
아빠, 전 미녀가 아니라 마녀가 될래요.

(노래하는 동안 아리의 그림자는 마녀의 뾰족 모자, 마녀
의 빗자루 등으로 바뀐다)

| 야 수 | 내가 야수인 채로 있어도 좋아? |
| 아 리 | 웅! 좋아! |

(메아리친다. 미녀와 야수 입 맞춘다. 야수, 소년으로 돌아온다. 동경이는 멋진 꼬리가 생겼다! 꼬리를 흔들며 뛰어다니는 동경이…… 사람들은 동경이를 쓰다듬어주고 안아준다)

아 비   이제야 장미 정원에 향기가 돌아왔구나. 네 엄마가 내 앞에 있다면 이 장미꽃으로 다시 청혼을 할 거야. 매일 매일이 새로운 아침이다. 날마다 새롭게 청혼을 할 거야. 아름다운 세상이다. 향기로운 장미로 가득해. 내 딸이 키운 장미야. 암, 최고야 최고이고말고! 사랑에 빠진 연인들이라면 너도 나도 사 갈 거다. 꽃바구니를 이리 다오. 아빠가 장까지 단숨에 날라 주마.

(아버지는 힘자랑을 하며 장미바구니를 들어올린다. 다시 장터 분위기, 떠들썩한 가운데 막 내린다)

-막-

지킴이는 누가 지키지?

등장인물

· **준희**   여자아이 11살

· **준호**   남자아이 7살

자폐증을 앓고 있다. 자기 손등을 끊임없이 찰싹 찰싹 때리
며 부산히 움직인다.

· **끙끙이**   성대수술로 목소리를 잃은 강아지

· **엄마**

· **아빠**

· **털보아저씨**   일명 환경지킴이

· **지킴이들 8형제**[**]

　· **참매**   만리보기천리보기

　· **황소**   진둥만둥

　· **도마뱀**   자른둥만둥

　· **사슴벌레**   여니딸깍

　· **지렁이**   줄었다늘었다

　· **버들치**   깊으니얕으니

　· **두꺼비**   더우니차니

　· **쇠똥구리**   올리치기내리치기

[**] 캐릭터에 대해 최소한의 단서만 주는 탈을 썼다.

· 쿵짝딱 바퀴벌레 군단 1, 2, 3

숲 속 보호수를 죽이려는 악당 삼총사, 그들이 등장할 때는 항상 쿵짝딱 세 박자가 울려 퍼진다.

· 느티나무 할멈   삼백년 수령

환상영역에서 상체는 할멈, 하체는 매우 폭넓은 치맛자락 형용의 나무 둥치 모습으로 등장한다. 치마폭이 좌우로 커튼처럼 젖혀지면 치마 속에 매달린 수십 개의 쌈지들이 모습을 드러낸다. 이 쌈지들은 지킴이 형제들에게 약을 주는 장면에서 적절히 활용될 것이다.

· 그 외 준희네 주인집 아줌마   목소리만

1. 프롤로그- 고개에서

소리: # 털보의 노래- 지키자!

(음정이 순 엉터리다)

지키자, 지키자. 이곳만은 지키자.
쓰레기통·우체통·나무통·양철통
나는 밥통 너는 똥통
지구는 고통 나무는 숨통
지키자, 지키자. 이곳만은 지키자.

(마을로 들어서는 언덕배기, 뒤편 중앙으로 새 아파트 단
지 건설 예정지임을 알리는 조감도가 있다. 왼쪽으로는
느티나무 고목이 서있는데 나무 기둥에 몸을 긴 밧줄로
이어 묶고 사방을 순찰이라도 하듯 돌면서 고래고래 엉터
리 노래를 하고 있는 털보가 보인다. 멀리 공사장 쪽에서
는 아파트 짓는 소리 쿵쿵 울린다. 마치 소리들끼리 맞대
면이라도 하는 듯 이쪽이 커지면 저쪽이 따라 커지고, 저
쪽이 커지면 이쪽이 더 커지는 식이다.
지킴이들, 조감도 푯말 위 참새 떼처럼 고개를 삐죽 내밀

고 섰다. 기운이 쭉 빠진 형국, 저마다 캐릭터를 암시하는 탈을 머리 위 올려 쓰고 있다. 큰 형 참매는 떨어져 벌렁 누워 하늘을 올려보고 있다. 나머지 지킴이들, 한숨을 땅이 꺼질 듯 내리쉰다)

지킴이들   (번갈아서) 어디 가서 사나?

어디 가서 사나?

이젠 어디 가서 사나?

갈 데가 없어!

놀 데가 없어!

살 데가 없어!

참 매   (벌렁 누워 있다가 벌떡 일어나서) 좋다! 뿔뿔이 흩어지자! 그것만이 살길! 나는 동물원 조류사육장 가고, 황소 넌 민속촌 외양간 가고! (황소, "음머~" 구슬피 답한다. 버들치, 도마뱀 등에게) 너는…? 너는…?

사슴벌레   구슬처럼 맑은 냇물, 솔바람 솔솔 청정 계곡!

모 두   (번갈아) 어딨는데? 냇물 이름이 뭐야? 계곡 이름이 뭐야?

사슴벌레   (엄숙히) 아무데도 없는 냇물! 어디에도 없는 계곡!

모 두   (따라하며) 아무데도 없는 냇물? 어디에도 없는 계곡? 에게-

사슴벌레	(뿔을 뽐내면서) 나 따라갈래? 요즘 벌레 키우는 게 유행이라잖아. 문방구로 가서 톱밥통 하나 차고 들어앉는 거야. 이래 뵈도 나 사슴벌레는 인기 짱이거든!
지렁이	지렁이 좋아하는 애는 없어.
두꺼비	두두꺼비 좋아하는 애도 없어.
버들치	아, 깊은 산 맑은 계곡 한들한들 헤엄 좀 쳐봤음!
두꺼비	나난 잠이나 잘래. 구구멍 파서 드들어앉을 거야. 하한 잠 푹 자고 나면 아알아? 조좋은 세상이 올지.

(쇠똥구리는 돌아서서 형들의 염려와는 아무 상관없는 듯 흙장난에 열중해 있다)

사슴벌레	그럼 쇠똥구리만이라도 내가 데리고 갈게! 쟤는 시침 뚝 떼고 있으면 아무도 모를 걸? 똥만 만지작거리지 않으면, 보통 벌레로 알 거야.
황 소	안 돼! (놀이요 조로) 막내야, 막내야 뭐 먹고 사니?
쇠똥구리	(여전히 흙장난을 하면서 쳐다보지도 않고) 쇠똥 먹고 산다!
황 소	죽었니 살았니?
쇠똥구리	(그제야 돌아보고는 씨익 웃으며) 죽었… 아니고, 살았다! 성아, 나 아직 살았어!
황 소	(끄덕 끄덕, 사슴벌레에게) 쇠똥구리가 뭐 먹고 사냐? 쇠

	똥 먹고살지? 쇠똥구리야, 내 뒤만 따라붙어. 그럼 산다!
	막내야, 이 형님 뒤에만 붙어!
사슴별레	형은 똥 못 눈지 오래 됐잖아!
황 소	(한숨) 움머……! (철퍼덕 주저앉는다)

(모두들 따라서 철퍼덕 주저앉는다. 땅이 꺼질 새라 한숨)

모 두	어디 가서 사나?
	뭘 먹고 사나?
	갈 데가 없어! 살 데가 없어! 놀 데가 없어!

(준호의 고함 소리)

참 매	어? 아이다!
황 소	정말!

("꺄악, 꺄악!" 준호 고함을 지르며 들어선다)

참 매	숨어!

(준호, 여기 저기 번잡하게 기웃대며 뛰어다닌다. 준호,

문득 가랑이 사이에 고개를 묻고 물구나무로 언덕배기를
올려본다. 지킴이들 들킨다. 준호 "헤헤" 웃는다)

모 두   들켰다!

(준호, 곧 아무렇지 않게 뛰어다닌다. 문득 바닥에 기어
다니는 개미라도 본 것인지 고개 숙여 한참을 바닥만 쳐
다보고 있다)

도마뱀   어? 이상하다. 봤을 텐데.

황 소   어떻게 알았을까? (물구나무 시늉)

사슴벌레   (턱을 손으로 짚으며 추리하는 탐정 시늉) 대낮엔 거꾸로
봐야 우리가 보인다는 거, 어떻게 알았지?

(모두들, 물구나무서서 서로들 바라본다)

버들치   (역시 물구나무서는 시늉) …이상하다, 우릴 분명 봤을 텐
데 왜 저러고 있을까?

두꺼비   수숨바꼭질하자는 거야!

쇠똥구리   나, 쟤랑 놀래!(뛰쳐나간다)

참 매   안 돼! 기다려!

(준호, 바닥에서 돌을 집어 들어 아무렇게나 던진다. 그러고는 돌이 떨어진 방향으로 뛰어나간다. 무대 위엔 다시 지킴이 형제들만 남는다)

두꺼비	애애들은 무서워.
도마뱀	그래도 착해 보이던데?
사슴벌레	우리 쟤 따라가서 살까?
두꺼비	쟤쟤네 동네엔 우우물이 있을까?
참 매	(멀리 살피는 시늉) 우물은 커녕-
황 소	외양간도 없고,
버들치	맑은 물도 없고,
지렁이	갈아엎을 땅 한 뼘 없고,
도마뱀	맑은 공기 한 줌 없고
참 매	푸른 하늘도 없고!
번갈아	(한숨) 없는 게 천지인 세상!
번갈아	우린 어디 가서 사나?
참 매	가야지, 멀리!
쇠똥구리	난 안가! 나랑 놀던 애, 아파트 서면 다시 돌아온다고 했어. 아파트 서면 102동 1004호! 거기 온다고 했어.
버들치	안 와!
사슴벌레	못 와!

도마뱀	오더라도 같이 못 살아.

(준호의 고함소리 다시 들려온다)

참 매	숨어!
엄 마	(소리만) 준호야, 뛰지 마! 공사 중이라 위험하단 말이야.

(준호, 등장해 또다시 물구나무. 지킴이들 화닥닥 숨는다. 엄마, 땀을 뻘뻘 흘리며 이불짐을 이고 들어선다)

엄 마	여보, 갈림길인데 어느 쪽이야?
아 빠	(소리만) 어, 왼쪽!

(엄마, 문득 조감도가 눈에 띈다. 지킴이들 납작 엎드려 바위처럼 꼼짝 않고 있다)

엄 마	이렇게 아파트가 많이 서는데… 우리 집 한 칸이 없네! 이 산, 싹 밀어버리고 집이나 지었으면!
털 보	지키자, 지키자. 이곳만은 지키자.
엄 마	깜짝이야!
털 보	지키자, 지키자. 이곳만은 지키자!

지키자, 지키자. 나무만은 지키자.

안녕하세요!

(이때 아버지 헉헉거리며 포장마차를 끌면서 등장. 리어
카엔 준희 책상이며 걸상, 미니 장롱 등이 보인다. 준희가
뒤를 밀고 있다. 등엔 책가방, 왼 손엔 어항 하나)

아 빠 사람 참, 성질 급하기는. 왼쪽길이라니까. 보면 몰라? 이
쪽은 아파트 공사장이잖아.

준 희 아빠, 아직 멀었어?

아 빠 다 왔어. (땀을 씻으며, 엄마를 원망스럽게 아래위로 훑어
본다) 돈 몇 푼 아끼려고 사람을 아주 골병들게 하는구나!

준 희 다 엄마 때문이야!

아 빠 준희야 봐라, 저기! 우리 집 보인다!

준 희 어디?

아 빠 파랗게 칠한 옥상! 보이지? 거기야.

준 희 동네에 집이 몇 채 없네?

아 빠 아파트 세운다고 다 헐었지.

준 희 아빠, 우리 집 이상해! 짓다만 거 같아.

아 빠 그게 바로 도시형 전원주택, 컨테이너 박스란 거야 임마!

엄 마 각오해! 춥고 더울 거야.

아 빠	(랩 하듯) 레고 위에 레고! 집 위에 집! 상자 위에 상자! 들어나 봤나, 홈 박스 홈 박스!
엄 마	철 좀 들어요!
아 빠	헤헤! 가자! (힘을 주려는데 주르르 짐마차가 뒤로 미끄러진다) 아이고, 뭔 고개가 이리 높아. 내가 동장 되면 그냥, 이 고개를 고봉 반으로 콱 깎는다!
털 보	지키자, 지키자. 이곳만은 지키자!
아 빠	깜짝이야.
털 보	이사 오십니까?

(털보아저씨 허리에 밧줄을 풀고서 내려와 준회네 짐마차를 끌어준다)

엄 마	고마우셔라.
털 보	다들 떠나는데 들어오는 식구도 있네요.
아 빠	누구시더라- 아, 이 동네 사세요? (구석으로 끌고 와, 목소리를 낮추어) 딱지, 받았어요? 그거 요즘 얼맙니까?
털 보	………
아 빠	내 친구는 사십 평짜리 한 채 받을 뻔했는데 말짱 도루묵 됐어요. 요 앞까지 딱 그린벨트가 풀렸지 뭡니까? 참! 여기 이 자리, 상가가 선다는 말이 있던데 어찌 됐습니까?

이 사람이 김밥, 국수 마는 솜씨가 좋거든요. 천오백 세대 면 괜찮은 목인데…. 구청에서 이 나무 파간대요? 여보, 이리 좀 와봐. 이게 그 문제의 나무야. 이 나무만 없으면 벌써 땅 파서 콘크리트 붓고, 일사천리로 건물 한 동이 후 딱 섰을 텐데 이 나무 때문에 일이 안 된다잖아. 어휴 이 자리에 상가 하나만 올라가도 얼마야? 한 동이면, 삼층만 잡더라도 한 층에 열다섯 칸! 가게를 분양하면? 삼 곱하 기 열다섯…….

준 희   사십 오!

아 빠   월세를 오십 만원 씩 받아도… 사십 오 곱하기 오십은…?

준 희   이천 이백 오십 만원!

아 빠   어이쿠! 이게 값이 얼마야? …에이 이게 무슨 보호수래 요? 담배 지진 자국에, 껌 붙인 자국에, 얼씨구! 영철이는 선영이를 사랑해? 키 재느라 그어놓은 눈금 좀 봐!

(준희, 나무를 쓰다듬어본다)

아 빠   늙은 나무는 벌레만 키우지 뭐, 별 볼일 있나요? .

(준희, 얼른 손을 뗀다. 손바닥을 탁탁 턴다)

아 빠 뭘 그리 어렵게들 생각하나? 이깟 나무 고사시키는 건 주 사 몇 방이면…….

털 보 (고함을 빽 지르듯) 지키자, 지키자! 이곳만은 지키자!

(아빠, 서슬에 놀라 몇 걸음 물러난다)

털 보 임명장! (막걸리 잔을 내민다) 오늘 부로 이 동네 주민이 되었기에 나무를 보호하고 지키는 지킴이 임명장을 수여합니다! 잘 부탁합니다!

아 빠 어, 어, 어- (엉겁결에 받아 마신다) 캬, 좋다!

털 보 자, 한잔 둥치 아래 부어주시고요. 할멈, 신고합니다. 이 댁 식구들 오늘 자로 우리 동네 주민이 되었어요. 잘 보살 펴 주시고요. 애야, 이 나무는 이 동네 인근에서 제일 오 래 산 어른이시란다. 인사하렴. (준희, 엉겁결에 인사한 다) 할멈은 막걸리를 퍽 좋아 한단다! 아니라굽쇼? 보름 을 내리 잡숫더니 새 이파리가 발그래 돋던 걸요! (사랑스 럽게 쓰다듬는다)

(아빠, 막걸리 잔을 얼른 두어 잔 더 들이킨다. 사래가 들 렸는지 콜록거린다)

엄 마 여보!

털 보 자, 제가 끌 테니 뒤에서 미세요.

엄 마	고마우셔라.
털 보	애야, 이 나무 좀 지켜 주겠니? 나쁜 사람들이 나무한테 해코지 하러 나타날지 몰라. 수상한 사람 있으면 여기 이 징을 울려라. 내가 한달음에 달려올 테니, 부탁한다!
엄 마	그래, 준희야. 언덕 넘을 때까지만 그럼…….
털 보	내리막길이 더 위험하지요.
엄 마	고마워요. 이이가 좀 부실해서… 준희야, 준호 잘 봐라. 먼데 못 가게 해.
준 희	알았어요! 아저씨, 이거 내 옷장이거든요. 내가 제일 좋아 하는 팅커벨 요정이 붙어 있어요. 이거 안 부서지게 조심 하세요. 네?
털 보	오냐! 그거 이리 얹으세요. (보따리를 가리킨다)
엄 마	아니에요. 이건 제가
아 빠	그냥 둬요. 애지중지 보물이 담겨 있거든요.

(어른들 짐을 끌고 떠나자, 준희, 가방에서 책을 꺼내 나무 밑에 자리 잡는다. 준호는 여전히 부산히 돌아다닌다. 지킴이들과 숨바꼭질이라도 하듯 가랑이 사이로 고개를 넣어 거꾸로 바라보는데 그때마다 지킴이들 들킨 양 깜짝 깜짝 놀라 숨는다)

준 희	준호야, 가만 좀 앉아있어. 누나가 책 읽어줄게. '바스락-. 숲 속에서 뭔가 움직이는 듯한 소리가 났다. 깜짝 놀란 노빈손은 커다란 나무 뒤에 몸을 숨긴 채 쥐 죽은 듯 숨을 죽였다. 그리고는 소리가 들려온 방향을 뚫어지게 쳐다보기 시작했다.'***

(지킴이들 준희 주변으로 살금살금 모여드는데… 헤갈갈갈, 웃음소리… 준희, 무섬증이 확 끼친다. 책읽기가 어눌해지는 준희, 자꾸만 엎더서 지킴이들을 보는 준호… 그때마다 '무궁화 꽃이 피었습니다'라도 하듯 지킴이들 숨과 걸음을 멈춘다)

준 희	뭐였을까. 바람소리는 분명히 아니었는데… 호랑이? 뱀? 쥐? 아니면… 왜 그래? 준호야.

(지킴이들이 에워싼 기척, 책장이 마구 넘어간다. 준희, '악!' 하면서 달아난다. 지킴이들 배를 잡고 웃는다)

*** 인용한 대목은 『노빈손 시리즈』의 일부다.

2. 높은 방

(밤, 엄마는 짐을 정리하고 있다. 준희는 책이며 노트 등
을 이리 저리 옮기는 중이다)

엄 마	아유, 왜 이렇게 바퀴가 많아. (준희의 실내화를 들어 바퀴를 탕탕 잡는다)
준 희	아악, 나 이제 그 신 안 신어!
엄 마	빨면 되잖아.
준 희	안 신어, 절대 안 신어!

(아빠, 산타할아버지처럼 솜사탕을 코밑에 붙이고 등장.
손엔 솜사탕 두 개가 들려있다)

아 빠	준희야!
준 희	어, 솜사탕이다!
엄 마	당신은 짐 정리하다말고 어디 갔었어?
아 빠	히히! 자, 일루와 봐! 우리 이사 온 기념으로다가 사진한 판 박자!

(아빠, 주섬주섬 미니 빨래건조대를 세우고, 그 위에 드링

크제 박스를 얹는다. 거기에 손수건을 하나 덮어씌우자 영락없는 사진기가 된다)

엄 마   나 참!

아 빠   자, 자 준호 데려와. 도시락, 물병, 돗자리 다 챙겼지? 자,
        여기는 창경궁, 꽃놀이 왔습니다.

준 희   대공원 하자!

아 빠   안 돼, 창경궁! 자 준비 됐죠? 여보, 좀 웃어! 준희야, 준호
        꺼는?

준 희   먹어버렸어.

아 빠   잠깐만. 뭔가 허전한데? 뭘까? 뭐지? 아, 할머니가 빠졌구
        나. 모셔오자!

엄 마   여보!

아 빠   어머니는 창경궁 좋아하신단 말이야. 어머니, 어머니! 오
        세요. 얼른. 이 못난 자식 때문에 방 한 칸이 없어서…….

엄 마   (버럭) 여보!

        (아빠, 발을 헛디뎌 구른다. 사진 찍기는 엉망이 된다)

엄 마   어디서 이렇게 퍼마신 거야?

아 빠   히히, 나무 지키는 털보랑 한잔…….

엄 마	도대체가 당신이란 사람! 장롱도 괴어야 하고, 장에 내갈 국물도 끓여야 하고, 할 일이 태산인데! (아빠 등짝을 친다)
아 빠	준희야, 어떠냐? 이거 아빠가 만든 솜사탕이야. 털보네 천막에 솜사탕 트는 기계가 있더라. 할머니가 쌈지 돈 풀어서 준희, 준호 사주던 솜사탕! 준희야, 아빠 솜사탕 장사할까? 탈탈탈탈, 솜사탕이요, 솜사탕! 솜사탕 팔다 남으면 준희, 준호 갖다 주고. 그럼 맨 날 사는 게 소풍 같겠지? (고꾸라진다)
엄 마	준희야, 아빠 눕게 바닥 좀 치워!
준 희	(바닥을 주섬주섬 치우는 시늉) 엄마, 이거 할머니 겨울 옷 보따리, 어디다 놔?
엄 마	책상 밑에 갖다 놔!
준 희	싫어! 구질구질하단 말이야.

(엄마, 준희의 등짝을 때려 나무라고는 준희 손에서 보따리를 빼앗아 가져간다)

아 빠	…준희야, 좋으냐?
준 희	뭐가?
아 빠	방 혼자 쓰게 돼서.
준 희	그냥…….

아 빠	할머니 오시라 할까?
준 희	싫어! 할머닌 냄새난단 말이야. (허둥지둥 말을 지우듯) 할머니는 서울 안 좋아해! 맨 날 먼 산 바라기인 걸 뭐.
아 빠	녀석!

(엄마, 아빠 등짝에서 침대보를 빼낸다. 애지중지 먼지를 턴다)

아 빠	그만 좀 해! (빽, 소리를 지른다)
엄 마	이게 어떤 건 줄 몰라?
아 빠	그깟 침대보가 무슨 소용이야?
엄 마	(빽 고함지르며) 누가 이 꼴로 살 줄 알았나! 언니들이 나 시집가서 잘 살라고……. (울컥 눈물이 솟는다)
아 빠	그만 좀 합시다.

(준호 꺅꺅거리며 뛰어 나온다. 비행기 타는 시늉)

엄 마	준호야, 그만 해! 뛰지 마! 준희야, 준호 좀 말려!
준 호	꺄악-꺄악-
엄 마	내가 못 살아! 넌 뭐 하는 거니? 누나가 돼 갖고! 준호 좀 조용히 시켜!

아 빠	애는 왜 잡아?
엄 마	또 쫓겨나면?
준 호	꺄악- 꺄악-
엄 마	내가 못 살아! 준희야! 준호 좀 잡아!

(준희, 엄마 아빠의 눈치를 슬금슬금 보며 구석으로 준호를 끌고 간다)

준 희	준호야, 조용히! 뛰면 안 돼! 아래층에 주인 살아! 쉬잇!

노래- 우린 죽었다!

쉬잇 쉬잇 우린 죽었다, 인제 죽었다.

쉬잇 쉬잇 발꿈치를 들어라. 하압하압 합죽이가 되어라

살금살금 바람처럼 발꿈치를 들고서

살금살금 꽃잎처럼 입술을 닫고서

없는 듯 쥐 죽은 듯 끄-응!

(널어놓은 침대보 안으로 준호를 이끈다. 두 얼굴 빼꼼히 나온다)

준 희	엄마, 방귀소리도 내면 안 돼?

엄 마	(쳐다보지도 않고) 안 돼!
준 희	트림 소리도 내면 안 돼?
엄 마	안 돼!
준 희	코고는 소린?
엄 마	안 돼! (그제야 보고는) 거기서 못 나와?

(암전)

3. 준호야, 널 위해 준비했어!

(무대에 불 들어오면 준희는 수레를 끌어다놓고 땀을 닦
고 있다. 이전 시절 야쿠르트 배달을 하던 작은 수레다.
수레는 바퀴가 하나 빠졌었는지 다른 바퀴를 달았는데 그
래서 기우뚱 우습다. 수레 위엔 작은 개집이 하나 실려 있
다. 객석을 향해 공범에게 양해를 구하듯 "쉬잇!". 계단을
뛰어올라가 준호를 끌고 내려온다. 준호, 습관처럼 뻗댄
다. 준호의 눈을 가린다)

준 희	준호야, 이게 뭐 게?

(준호, 관심 없다. 돌아서서 바닥에 개미가 기어가지는 않나 바닥을 들여다 볼뿐)

| 준 희 | 준호야, 새집으로 이사 온 기념 선물! (오요요요 입으로 소리를 내자, 개집에서 뛰쳐나온 듯 강아지 한 마리 등장해 꼬리를 친다) |
| 준 호 | 까아아악- |

(좋아서 덤비는데 강아지 놀라 준희 쪽으로 숨는다. 끙끙대며)

| 준 희 | 누나가 얻어왔어. 저기 아래동네에서 이사하는데, 놓고 갔다! 봐, 집도 있어! 목욕용 샴푸도 있고, 먹이도 있어! 우리 집도 이제 옥상이 있으니까 기를 수 있을 거야. 좋지? |
| 준 호 | 까악 까악! |

(준호, 강아지의 뒷다리를 잡아 물구나무 하듯 괴롭힌다. 강아지, 심하게 끙끙거린다)

| 준 희 | 준호야, 놔줘! 얘는 아파트에서 기르려고 목을 수술했대. |

그래서 소리를 못 낸데. 아파도 아프다고 말도 못한단 말이야! 못 봐!

(실랑이 끝에 강아지를 빼낸다. 강아지, 끙끙거리며 준희 뒤로 숨는다. 준호는 꺄악꺄악, 소리 지르며 강아지를 좇는다)

준 희   아유, 정말! 주인아줌마 올라온단 말이야! 조용히 해! (겁에 질린 강아지를 쓰다듬어준다) 가여워라. 괜찮아. 내가 지켜줄게.

(강아지, 끙끙거리며 낮게 엎드려 아양을 떤다)

준 호   꺄악, 꺄악!

준 희   이름은 뭐라고 지을까? …초롱이? 안 돼! 그건 현재네 강아지 이름인 걸! 해피? 그건 너무 흔해!

(강아지, 끙끙대면서 배를 보이며 구른다)

준 희   끙끙이! 우리 이 강아지 이름 끙끙이라고 지을까? 그래, 끙끙이, 끙끙이라고 하자! 봐, 꼬리를 흔들잖아. 끙끙아,

끙끙아, 놀러가자 끙끙, 똥마려워 끙끙, 배가 고파 끙끙! 됐다! 준호 얘는 꺅꺅이, 꺅꺅이 친구 끙끙이. 좋았어, 넌 끙끙이야. 준희랑 준호 친구 끙끙이!

(야쿠르트 배달용 수레에서 개집을 내린다. 그러고는 수레를 바라보며 갸우뚱)

준 희   근데 이걸 어떻게 도루 갖다 놓지? 털보아저씨한테 들키면… 뭐 어때? 어차피 고물인데! …일단 이 수레는 감춰 놓자! 비밀! 자, 손가락 걸어. 지장 찍고, 복사하고, 문신 새기고! 약속했다. (객석을 향해) 쉬잇! 비-밀!

(암전)

4. 안 돼! 절대 안 돼!

엄 마   안 돼! 절대 안 돼! 생각이 있는 애니? 여기서 어떻게 강아지를 키워?

준 희   옥상이 있잖아!

엄 마   음식에 개털이라도 들어가면? 안 돼!

준 희	끙끙이는 털이 짧잖아. 내가 자주 목욕시킬게.
엄 마	안 돼! 도로 갔다 줘.
준 희	이사 갔단 말이야.
엄 마	(아래층을 가리키며) 개가 짖으면?
준 희	얘는 못 짖어. 수술 받았대.
엄 마	똥오줌은? 똥꼬도 수술 받아 막았대?
준 희	엄마는! 엄마, 제발. 내가 다 할게. 물 주고 밥 주고 똥오줌 치우고, 목욕시키고.
엄 마	왜 그렇게 철이 없니? 남의 집에 얹혀사는 주제에 개까지?
준 희	준호가 너무 심심하잖아. 내가 학교 가면 준호는 누구랑 놀아. 할머니도 없는데, 응?
엄 마	안 돼! 내다 버려!
준 호	꺄악- 꺄악- (벽에 머리를 처박고 자해한다)
엄 마	어휴, 속 터져! (이때 핸드폰 울린다) 어, 어. 집이야. 멸치 국물 내가려고 왔어. (갑자기 빽) 당신 미쳤어? 내가 거긴 안 된다고 그랬지? 시범 단속 구역이란 말이야. 목이 좋으면? 왜, 시청 앞 광장에 포장 치고 차일 치고 소리 지르지? 우동, 김밥 있어요! 얼른 따라 잡어! 무조건 빌란 말이야! 무조건! 내가 얼른 갈게. 어휴 속 터져! 내가 늬 아빠에게 뭘 맡기겠니? 준희야, 마저 해. 머리랑 멸치 똥이랑 발라내야 돼. 그래야 국물이 안 비려!

준 희	싫어! 안 해.
엄 마	왜?
준 희	창피해!
엄 마	뭐가?
준 희	손끝에 멸치냄새 난단 말이야. …엄마, 우리 딴 거 하면 안 돼? 옛날처럼 아빠 회사 다니고……!
엄 마	포장마차가 왜 창피해? 포장마차 덕분에 너 밥 먹고, 준호 치료받고! 뭐가 창피해?
준 희	…내가 얼마나 힘든 줄 알아? 딴 애들은 수영장도 다니고, 친구네 집도 놀러 가는데 난 맨 날 멸치 똥이나 따고, 하루 종일 준호나 지키고…….
엄 마	엄마는? 엄마는 놀디?
준 희	씨-
엄 마	쓸데없는 말 말고, 준호 잘 보고 있어! 아유, 날은 또 왜 이리 꾸물거려? 저녁 장사 공치는 거 아냐? 개 꼭 내다버려!

(엄마, 국물 통을 이고 나가면 준희, 쭈그려 앉아 운다)

| 준 호 | 꺄악-꺄악- |

(준희, 준호를 얄미운 듯 노려본다. 꿍꿍이 준희의 발밑에

와 끙끙댄다. 준희, 끙끙이를 쓰다듬다가 다시 고개를 박
고 운다)

준 호   꺄악-꺄악- (벽에 머리를 박는다)

준 희   그래! 놀아줄게! 놀아주면 되잖아! 누난 니 장난감이다!
            로봇이고, 공룡이고, 레고 블럭이지! 너 각오해!

            (구석에 접어놓은 엄마 침대보를 휙 펼쳐 준호를 처박듯
            민다, 넘어지는 준호, 침대보로 김밥 말듯 둘둘 만다. 준
            희는 약이 올라 하는 행동이지만 준호는 장난인 줄 알고
            좋아라 소리를 지른다)

노래- 다 부숴버릴래!

            난 티라노사우르스!
            다 부숴버릴래!
            쿵쿵 쾅쾅!
            (침대보 여기 저기를 밟고 다닌다)
            외계인아 덤벼라.
            탈을 벗고 덤벼라.
            (준호: 꺄악-꺄악!)

넌 까마귀! 까마귀별에서 왔지?

니가 살던 별로 돌아가 줘! 제발! 제발!

(준호, 좋아라 뛰며 소리지른다. 준희는 자신의 적의조차
통하지 않자 김이 빠진다. 다시 쭈그려 앉으며)

준 희 난 니가 싫어! 귀찮아 죽겠어!

(준호, 뛰는데 밖에서 문 두드리는 소리. 준희는 '쉬잇!' 주
의를 주지만 준호, 아랑곳 않고 이불 위를 뛴다. 준호, 뛰
다가 구석에 차려놓은 밥상에 걸려 넘어지는데 깍두기 그
릇 엎어지면서 이불을 적신다)

준 희 어떡해! 어떡해!

(수건 찾으랴 문 열어주랴 허둥댄다. 얼른 꿍꿍이랑 준호
를 침대보 안에 밀어 넣는다. 문 열리면, 환한 빛이 안으
로 밀려오듯 들어온다. 그림자와 소리만으로 주인아줌마
의 모습 표현된다. 준희, 얼른 벽에 걸린 줄넘기 내려 넘
기 시작한다)

준 희 (줄넘기를 넘으며 놀이요 조로) 안녕하세요. 누구십니까,

들어오세요! 수행평가 연습 중입니다, 다 끝나가요! 아흔 일곱, 아흔 여덟, 아흔 아홉, 백!

노래- 뛰지 마!

소리만	(위협적인 노래조) 구들장 꺼진다, 뛰지 마!
준 희	구들장이 어딨나요. 보일라 놨는데.
소리만	마룻장 꺼진다, 구르지 마!
준 희	마룻장이 어딨나요. 장판뿐인데.
소리만	집 무너진다. 뛰지 마!
준 희	무너질 집이 어딨나요. 하늘 아래 우리 집 아직 없는데.

(문, 쾅 닫히고 아줌마 그림자 퇴장. 천둥소리 오버랩 된다. 준희, 놀라서 준호랑 꿍꿍이가 숨어있는 침대보 속으로 파고든다. 후두둑 내리는 빗소리, 점차 커지면 암전)

5. 너란 애는!

(불 들어오면 다리를 다쳤는지 바짓가랑이를 걷어 올린 채 절룩이며 등장하는 아빠, 비닐을 뒤집어쓰고 등장한 엄마 모습 보인다. 빗소리, 아빠는 털썩 주저앉아 조끼 주머

니 속에서 소주 한 병을 꺼내 병째 마신다. 착잡한 한숨과
함께. 엄마 따라서 주머니에서 쌍화탕 병을 꺼내 마신다)

엄 마	집안 꼴이 이게 뭐니? 이걸 어떡해! 엄마 시집 올 때 해온 거야, 알아? 한 땀 한 땀 이모들이 손수…. 엄마, 잘 살라고…. 이걸, 이걸 어떡해? (이불을 둘둘 말다가 끙끙이를 보고는) 이 놈의 개! 내다 버리랬지? 지겨워. 지겨워!
아 빠	그만 해!
엄 마	이게 다 당신 때문이야! 도대체 생각이 있는 거야? 당신 때문에 오늘 장사 공쳤잖아. 어떻게 거기서 장사할 생각을 해? 당신은 분수가 있는 거야? 덤썩덤썩 보증 서주다가 집 말아먹고, 직장에서 쫓겨나고, 포장마차는 빼앗기고, 어묵국은 다 쏟고!
아 빠	그만 좀 해!
엄 마	못살아, 난 이렇게는 못 살아!
준 호	꺄악-꺄악!
엄 마	준호 데리고 나가 있어!
준 희	비 오는데…….
엄 마	나가 있어! 이 개도 데리고 가! 이 개는 절대 못 키워! 엄마 힘든 거 보이지?

(준희, 준호를 끌고 나간다. 끙끙이도 따라 나간다. 문 앞
에서 허공을 향해 손을 들어 비를 재보는 준희…… 암전.
녹음된 한숨소리 크게 무대를 압도한다)

(어느덧 비 그치고 밤, 후레쉬 불빛 비치면 야쿠르트 수레
에 짐을 올리는 준희 모습 보인다. 보따리 두어 개와 끙끙
이 집, 준희의 책가방 등)

준희의 노래- 오늘밤은 가출하기 좋은 밤

오늘밤은 가출하기 좋은 밤

비는 그치고, 별빛은 맑아.

작은 곰 자리 큰곰자리 하늘에서는 저리 다정한데

우리 집은 하나도 안 행복해.

잘 있어라. 내 책상아.

잘 있어라. 내 옷장아.

준호야, 우리가 없어지면 엄마 아빠는 행복할 거야. 아래
층 주인아줌마도 행복할 거야. (쌈지가 눈에 띈다. 쌈지
를 열어 비상금을 넣는다. 소중히 옷 앞섶에 매단다) 너랑
나랑 끙끙이 우리 셋만 없으면, 모두 모두 행복 할 거야.
저기 별, 야- 세 개가 나란히 있네! 내 별, 준호 별, 끙끙이

별! 우리 저 별빛 아래까지 가보자.

(준호를 끌어 수레에 앉히고 수레를 끈다. 끙끙이는 바짝
붙어 따르고. 구구단이 반복되는 가운데 준호는 졸기 시
작한다)

준 희   준호야, 누나가 구구단 가르쳐 줄게. …이이는 누렁니 삼
삼은 삼계탕, 사사는 죽은 깨 오오는 소낙비, 육육은 푸줏
간 칠칠은 삥끼칠 팔팔은 곰배팔, 구구는 닭모이! 따라해!
이이는 누렁니 삼삼은 삼계탕…….

(반복되는 구구단 소리 속에서 무대 점차 어두워지면 어
느덧 준희네 옥탑방 숲의 망루로 바뀌고 망루에 걸터앉은
여덟 명의 지킴이들 모습 등장한다)

6. 숲 속 노란 잠수함

(맏형 참매는 망을 보고 있는 중이고 다른 지킴이들은 나
란히 누워 잠을 청한다. 막내 쇠똥구리 모습만 보이지 않
는다)

지킴이들의 돌림노래- 아우 그리워

(누운 채로 꺼떡꺼떡 발장난을 하면서)

아우 그리워, 아우 그리워. 장독에 도토리 알 쏟아지는 소리,

아우 그리워. 슬레이트 지붕에 밤송이 떨어지는 소리

아우 그리워. 달맞이 꽃 고요히 터지는 소리.

아우 그리워. 아궁이에서 펑 밤 터지는 소리.

아우 그리워. 하하호호 재재글 재재글 아이들 소리…….

지킴이들의 문답

(일어나 앉으며)

우째 애들이 하나도 안 보일까?

학원 갔지.

우째 애들이 안 보일까?

피시 방에 앉아있는 걸.

우째 애들이 안 보일까?

이미 어른이 됐는 걸.

황 소　　막내는? 막내는 어디 있지?

쇠똥구리　　(나타나서) 나 팅, 팅, 팅, 뭐더라… 팅벌레 같아?

(막내 쇠똥구리는 이것저것 천들과 비닐들을 이용해 준

희의 옷장에 붙어있던 팅커벨 분장을 어설피 하고서 나타
난다. 모두 웃음이 터져 나오지만 애써 참는다)

황 소   뭔 꼴이냐?

쇠똥구리   아까 낮에… 요즘 애들이 좋아한다잖아. 옷장에 붙어놓
          고, 매일 매일 같이 놀고!

사슴벌레   팅커벨?

쇠똥구리   맞다, 팅커벨!

사슴벌레   넌 애들이 좋아하면 뭐든 다 할래? 옷장엔 팅커벨, 가방엔 인
          어공주, 화장실엔 도널드 덕, 침대머리엔 라이언! 다 할래?

버들치   왜 인어공주만 있는 거야? 버들치 공주는 없어?

지렁이   어? 애들이다!

쇠똥구리   접때 이사 온 애들이야!

모 두   엉?

(참매, 벌떡 일어나 안대를 벗고 살펴본다. 바퀴 달린 노
란 물탱크 하나 천연덕스레 무대 앞으로 굴러와 선다. 물
탱크에는 문과 창문, 굴뚝까지 달려 있어 작은 오두막처
럼 보인다. 언뜻 보면 굴뚝은 잠망경 같기도 하다)

준 희   어? 이게 뭐지?

(준희는 조심조심 다가가 문을 열어본다. 밝은 빛 새어나
오면서 물 탱크 안 동화 속에서나 볼법한 자그마한 침대
와 의자 등이 보인다)

준호야, 우리 오늘 밤 여기서 쉬고 가자. 자, 여기 주차해
놓고-(수레를 물탱크 곁에 둔다). 와- 신기해, 집이 잠수
함 같애. (물탱크 주변을 둘러보며 노래한다)

노래- 노란 잠수함

옛날 여기는 바다였대
지금도 파보면 조개가 나온대
누가 타다 버렸을까
노란 잠수함

옛날 여기는 섬이었대
지금도 파보면 야자열매 나온대
무엇을 그리워하나
노란 잠수함

준 희   준호야, 오늘밤은 여기가 우리 집이야. 이 잠수함을 타면

172

우린 저 밤바다로 갈 수 있어. 자, 잠망경을 올려라! 항해
를 떠나자!

 # 노래- 꼬록 꼬록 꼬로로록

꼬록 꼬록 꼬로로록 내려갑니다.

내를 지나 강을 건너 먼 바다까지

깊은 곳에 숨어있는 행복 찾아서

네 마음을 열 수 있는 열쇠 찾아서.

꼬록 꼬록 꼬로로록 노란 잠수함

준 희   (뱃속에서 꼬르르륵 소리가 난다) 아, 배고파!

(이때, 지킴이들 발 춤을 추면서 질서정연하게 키순서로
등장한다)

 # 지킴이들의 노래- 누룽지 송

오랑깨롱 간깨롱 부뚜막에 간깨롱

누룽지를 준깨롱 묵은깨롱 꼬신깨롱

더달랑깨롱, 안준깨롱 운깨롱 더 준깨롱

묵은깨롱, 꼬신깨롱 겁나게 배부른깨롱!

함 께	먹어! (누룽지 자루를 여덟 개 쪼록하게 내려놓는다)
준 희	으악! 누누구세요!
함 께	먹어!

(꿍꿍이, 준희를 보호하려 나선다. 으르렁 이빨을 세운다)

준 희	누누구세요?

(지킴이들, 남방 궁중무회처럼 몸을 겹친 채로 일렬횡대로 서서 팔들만 지네다리처럼 출렁이며 춤추다가 차례대로 하나씩 고개를 옆으로 뺀다. 제법 질서정연하고 신속하다. 참매가 맨 앞에 섰다)

아무나	누구 게?
	까꿍!
	에비-
	우왕-(잡아먹는 시늉. 다른 지킴이들, 장난스레 입맛을 다신다)
준 호	꺄악-꺄악-
꿍꿍이	(사납게) *끄으응, 끄으응!*
준 희	제발, 제발 잡아먹지 마세요.

함 께	크흐흐흐-
준 희	우린 저녁도 굶어서 맛없어요. 제발!
모 두	푸하하하!
참 매	우리가 뭐 같으냐?
준 희	…숲 속 괴물?
버들치	얘는…….
참 매	다들 나와!

(겹쳐 선 지킴이들 재빠르게 일렬로 흩어져 나란히 선다)

참 매	우릴 소개하마!
각 각	(마치 응원단 파도타기라도 하듯 리드미컬하게) 만리보기천리보기진둥만둥자른둥만둥여니딸깍줄었다늘었다깊으니얕으니더우니차니올리치기내리치기
함 께	여덟 형제!
준 희	네?
참 매	잘 들어! 자, 다시!
각 각	(역시 빠르게 그러나 한 박 정도 늦춰서) 만리보기천리보기진둥만둥자른둥만둥여니딸깍줄었다늘었다깊으니얕으니더우니차니올리치기내리치기
함 께	여덟 형제!

(준희, 고개를 절레절레 흔든다. 끙끙이도 두통이 난다는 듯 끙끙거린다. 준호는 신이 나서 지킴이들 주변을 뛰어다닌다)

버들치	안 되겠다 얘는!
준 희	누구시라고요?
함 께	지킴이라고 하지!
준 희	지킴이?
버들치	잘 지킨다, 지킴이!
준 희	뭘 지켜요?
참 매	여러 가지를 지키지! 하늘도 지키고
지렁이	땅도 지키고
황 소	집도 지키고
사슴벌레	돈도 지키고
두꺼비	보복도 지키고!
도마뱀	이 지구를 몽땅 지키지!
준 희	말두 안 돼!
모 두	왜?
준 희	돈은 은행이 지키고요. 집은 세콤이 지키고요, 복은 교회랑 절이 지키고요. 지구는… 독수리 5형제가 지키는데요?
사슴벌레	어휴, 그럼 도깨비는? 도깨비는 들어봤지.

준 희	예.
사슴벌레	우린 도깨비 친척뻘쯤 되지!
준 희	그럼, 도깨비 방망이 있어요?
버들치	형, 보여줘.
참 매	뭐?
사슴벌레	(작은 소리로) 도깨비 할아버지가 쓰다가 말 안 들어서 내던진 거 있잖아!

(참매, 마지못해 보여준다)

준 희	에게, 뭐 그렇게 작아?
사슴벌레	수천 년을 두드려댔는데 안 닳았겠냐?
황 소	자, 자 우리 통성명이나 하자.
준 희	통성명?
버들치	이름이나 통하자고요.
황 소	네 이름은 뭐냐?
준 희	준희!
도마뱀	애는?
준 호	꺄악-
두꺼비	까까까마귀구만!
사슴벌레	애는-

끙끙이	끙끙! (답하고 싶지만 끙끙거리기만 한다)
준 희	끙끙이!
지렁이	뭐 이름이 그러냐?
참 매	우리 형제들을 소개 하마!

(이 부분은 소리꾼과 고수가 대거리하듯 진행된다. 고수는 황소가 맡는다)

참 매	나는 만리보기 천리보기, 참매라고 하지. 만리를 보고 천리를 보는 재주를 갖고 있단다!
함 께	뻥이요!
황 소	지금이야 한치 앞도 못 보는 청맹과니, 더듬더듬더듬더듬 십리보기, 오리보기도 과분허다-
참 매	서울하늘 밑이라 그런 거야. 탁 트인 곳만 가봐라!
황 소	나는 둘째, 진둥만둥 음-메! 쌀 석 섬도 번쩍 번쩍 천하장사 든든한 일꾼! (으스대며) 철퍼덕 철퍼덕 똥 잘 싸고 파리 잘 쫓는 긴 꼬리를 가졌지.
함 께	뻥이요!
버들치	낙엽만 올려놔도 픽!
사슴벌레	짚단 한 묶음에도 푸욱-(고꾸라지는 시늉)
황 소	(볼 맨 소리) 콩잎 칡잎 못 먹어서 그래! 햄버거에 콜라만

	석달! 아, 호박잎쌈에 된장을 얹어서 꾸울떡 먹어봤음!
버들치	형, 큰일 났다. 꼬리가 없어졌어!
황 소	엉?
버들치	꼬리곰탕 해먹었거든!
황 소	이게!
도마뱀	난 셋째, 자른둥만둥!
준 희	…변비환자?
도마뱀	뭐라고?
준 희	(자신 없게) 자른둥만둥 똥자루?

도마뱀을 제외하고 7형제

	(모두 웃는다. 따라한다. 박을 맞춰서) 자른둥만둥 똥자루!
함 께	엿장수 똥구멍은 찐득찐득!
	기름장수 똥구멍은 매끈매끈!
	두부장수 똥구멍은 뭉실뭉실!
	소금장수 똥구멍은 짭잘짭잘!
	옹기장수 똥구멍은 반질반질!
	자른둥만둥 똥구멍은? 찔룩찔룩!
도마뱀	어허, 난 본디 맑은 물 맑은 공기 속에서만 사는 아무르장지 도마뱀이라! 날 잡을라치면 얼른 꼬리 하나 떼어주고 도망가는 재주꾼이란다!

준 희	아무르장지 도마뱀?! 근데 왜 꼬리가 틀어졌어?
황 소	물 나쁘고, 공기 나쁘니 꼬리인들 제대로 솟을 꺼나 (끄으 끄으 우는 시늉)
사슴벌레	난 여니딸깍! (집게 발 끝을 흔들며) 인물 자랑이라면 빠지지 않는 사슴벌레렸다!
버들치	이 형은 요즘 좀 숨쉬기가 곤란해서, 입을 쩍 벌리고 다니니 이해해라-
사슴벌레	나는 벌레한텐 저승차사, 나무한텐 수호천사! 문 꽉 닫은 벌레집이어도 내 손에 걸리면 다 열리지!
버들치	콧구멍이나 잘 열었으면!
사슴벌레	요즘 와선 비염 때문에 영- (킁킁댄다) 너, 이사 올 때 새 옷장 사달라고 졸랐지? 새 가구가 우리한테 얼마나 나쁜 줄 알아?
준 희	……….
지렁이	난 다섯째, 줄었다 늘었다 지렁이!
준 희	윽, 징그러!
도마뱀	애처럼 착하고 순한 애가 어디 있다고 그래?
황 소	마른 땅, 헐은 땅, 농약에 찌든 땅, 되살리느라 숨 막히게 일만 허는 지렁이-
준 희	허리가 왜이래요?
지렁이	응, 피부병이 걸렸어. 아토피인가 봐. 가려워 죽겠어.

버들치	난 깊으니 얕으니 버들치! 깊은 물 얕은 물 모두 모두 휘돌아친다!
준 희	얼굴이 파래졌어!
황 소	숨을 못 쉬어서 그래. 도시 개천에 온 이래 깊은숨을 못 쉬었어.
버들치	여긴 너무해! 물도 나빠, 공기도 나빠, 물이끼도 아주 맛이 나빠!
준 희	그럼 왜 여기 살아요?
버들치	우리가 지키던 집이랑, 마을이랑 다 여기 있으니까!
황 소	애들은 떠났지! 추억만 있을 뿐!
도마뱀	딱히 갈 데도 없지 뭐. 논에는 농약, 냇물엔 폐수, 숲속엔 몰래 갖다 버린 쓰레기! 어디 살만한 데 있으면 가르쳐 줄래?

(준희, 고개를 절레절레 흔든다)

두꺼비	나나난 더우니차니 두두꺼비-
황 소	감기 온다, 문 닫아라! 황소바람 든다, 창 닫아라!
버들치	애는 감기를 노상 달고 살아.
황 소	엉금엉금 폴싹폴싹, 엉금엉금 꿈벅꿈벅! 두꺼비는 본시 따스한 봄날엔 어그적 어그적 마실을 다니고, 추운 겨울이면 굼질굼질 구멍에 들지.

두꺼비   근데 요요즘 세세상은 영 보봄인지, 겨겨울인지 헤헷갈린
        단 말이지. 에엣춰!

참 매   막내는 어디있냐? 올리치기내리치기!

        (쇠똥구리는 어느 새 준호랑 가까워 져서 흙장난을 하고
        있다)

쇠똥구리   안녕! 난, 올리치기내리치기야. 쇠똥구리라고도 부르지!.

버들치   재주를 보여줘 봐!

        (경단으로 이리 저리 재주를 보이는 쇠똥구리)

도마뱀   어디서 냄새나는 것 같지 않아? (황소 궁둥이를 큼큼 거
        린다)

황 소   내 똥은 냄새 안 나! (냄새를 맡아본다) 이상하다?

        (끙끙이, 나서서 자기 똥이라는 듯 자랑스럽게 으쓱댄다)

황 소   개똥?

모 두   으윽!

참 매   자, 말해봐. 우리가 누구라고?

준 희	웅?
참 매	친구가 되려면 이름을 알아야지!

(준희, 이름을 맞추려고 애쓴다. 쇠똥구리가 다른 지킴이들 뒤에서 힌트를 준다. 준희는 지킴이들의 동작과 표정을 보고 하나 하나 가까스로 이름을 맞추는데……)

참 매	(눈을 화등잔만 하게 뜨고 날개짓 휘이휘이)
준 희	만리보기천리보기!
황 소	(등에 짐 지고 뛰는 체)
준 희	진둥만둥!
도마뱀	(꼬리 흔드는 시늉, 그래도 모르자 똥 누는 시늉)
준 희	자른둥만둥!
사슴벌레	(집게발을 손동작으로 그리고 자물쇠를 여는 시늉) 여니 딸깍
지렁이	(늘였다 줄였다)
준 희	줄었다늘었다
버들치	(물살 헤치는 시늉)
준 희	깊으니얕으니
두꺼비	(엉금 폴싹)
준 희	…더더우니차니

쇠똥구리	(주머니에서 작은 공을 꺼내 저글링한다)
준 희	올리치기내리치기!
참 매	좋았어! 자, 다 함께!
함 께	만리보기천리보기진등만등자른등만등여니딸깍줄었다늘었다깊으니얕으니더우니차니올리치기내리치기여덟형제! 좋아! 합격! 우린 이제부터 친구다!

(누룽지를 나눠 먹으며 함께 노래한다)
오랑깨롱 간깨롱 부뚜막에 간깨롱
누룽지를 준깨롱 묵은깨롱 꼬신깨롱
더달랑깨롱, 안준깨롱, 운깨롱 더 준깨롱
묵은깨롱, 꼬신깨롱, 겁나게 배부른깨롱

준 희	이 누룽지는 너무 딱딱해. 배고파-
끙끙이	(끙끙 냄새를 맡아보고는 악취가 난다는 듯 펄쩍 물러선다)
준 희	냄새도 나! 퀴퀴해.
두꺼비	어, 어, 백년 된 거거든!
준희, 끙끙이	우엑- (꼬로록)
황 소	정말 배고픈가보네?
준 희	아냐, 아냐 참을게. (꼬로로록)
지렁이	(뒤진다. 호주머니에서 먼지만 떨어진다) 안 되겠다! 털

	보아저씨네 가보자!
모 두	그래, 그래!
쇠똥구리	우린 먹을 걸 못 구하면 털보아저씨한테 가.
참 매	고마운 아저씨지!
사슴벌레	별난 아저씨라니까! 어른이 물구나무서는 건 첨 봤다니까! 대낮에 우릴 보려면 이렇게 거꾸로 숙여 봐야 하거든.
준 희	거꾸로? 이렇게?
모 두	이렇게! (모두 물구나무)
준 희	아, 그래서 준호가 자꾸 엎드렸구나! 준호는 어떻게 알았을까?
황 소	가자! 털보 아저씨 천막엔 별 거 별 거 다 있어.
준 희	아저씨가 밥 줄까?
버들치	얘는! 지금이 몇 신데! 우리가 찾아먹어야지. 아저씨는 한번 잠들면, 불도저 큰 삽이 떠 매가도 쿨쿨!
도마뱀	기중기가 들었다 놔도 쿨쿨!
지렁이	레미콘에 넣어서 돌려도 쿨쿨
함 께	쿨쿨 쿨쿨 쿨쿨쿨쿨 쿨-
참 매	그렇지만 아저씨네 천막에 가면-
도마뱀	깊은 산 속 맑은 샘물!
지렁이	구름 아래 첫 비!
사슴벌레	아삭아삭 햇잎!

황 소	잘근잘근 뿌리!
함 께	없는 게 없단다!
참 매	없지! 아저씨는 모르는 것도 없지.
두꺼비	아아저씨 기분 좋으면 소솜사탕도 탈탈탈! 고고게 또 얼마나 맛있는데! (입맛 다신다)
함 께	털보 아저씨네 가자.

(앞서서 달려가던 사슴벌레, 문득 생각난 듯 급정거한다.
나머지 칠형제들 우당탕탕 넘어가는데⋯⋯)

참 매	왜?
사슴벌레	아저씨 솥뚜껑 같은 손에 잡히면, 숲 구석구석 청소해야 할텐데?
황 소	맞아!
준 희	청소?
참 매	쓰레기 내다 버리는 놈 감시하기!
황 소	숲 속에 버려진 콘크리트 덩어리들, 한 짐 지고 나르기!
사슴벌레	가로수 삼백 그루 벌레 다 잡아주기-(혀를 휘휘 내두른다)
지렁이	열 마지기 땅 부드럽게 갈아엎기-
버들치	미끈덕 미끈덕 하천바닥 입으로 훑기-
도마뱀, 두꺼비	(동시에) 물 맛 보고 공기 재고, 공해지표동물 노릇허기-

쇠똥구리	신생아실 애기 똥으로 백일경단 맨들기-
함 께	안 가! 안 가!
참 매	해도, 해도 끝도 없고!
황 소	치워도 치워도 또 쌓이고!
준 희	배고파! 딴 집에 가면 안 돼?
도마뱀	누가 우릴 좋다 하나. 이제 아무도 우릴 반가워하질 않아.
황 소	옛날이 좋았지! 할멈나무한테 떡도 바치고 술도 바치고, 우리는 그 곁에서 잘 얻어먹고!
함 께	그래그래 맞아, 맞아.
참 매	우리한텐 말이야, 오래된 나무가 안테나란다. 다른 세상에서 놀다가도 사람마을 찾아올 땐 그 나무보고 오는 거거든.
도마뱀	이젠 오솔길도 없고,
지렁이	산도 다 밀고,
두꺼비	수숲은 머먹어 치우고!
버들치	우리들이 놀자- 해도 놀데가 없는 걸!
사슴벌레	우리들이 가자-해도 갈 데가 없는 걸!
준 희	배고파-
황 소	안 되겠다, 가자!

노래- 깨비깨비 모여라!

깨비 깨비 도깨비 모두 모두 붙어라.

깨비 깨비 도깨비 여기 여기 붙어라.

허깨비, 도채비, 방아깨비, 성냥깨비

앉을깨비 설깨비, 그럴깨비 저럴깨비

비올깨비 눈올깨비

빨래 걷고 호박전 부칠깨비-

(노래 부르며 모두 퇴장. 준호와 다정히 손을 잡은 쇠똥구리는 뒤에 좀 처진다. 준호에게만 속삭이는데)

쇠똥구리　　준호야, 나 오늘 밤 형들이 자면 도망쳐서 꼭 꼭 숨어버릴 거다! 형들이 그러는데 난 여기서 더 못 산대. 흙도 없고, 쇠똥도 없고 없는 게 너무 많아서. 거짓말쟁이들! 형들은 날 억지로 딴 곳으로 데려가려는 모양인데, 난 안 가! 난 내 친구를 기다려야 해. 저기 아파트 지으면 꼭 돌아 올 거야. 우리가 얼마나 재밌게 놀았는데! 형들은 바보야. 준호야, 난 여기서 살 거다! 내 친구를 기다릴 거다! (자랑스럽게) 나는, 내 친구를 지키는 지킴이거든!

7형제　　(소리만) 막내야, 얼른 와-

쇠똥구리　　어, 경단을 하나 놓쳐서 찾아 갈게. 쉬잇, 비밀이야!

(암전)

7. 숲 속 큰 나무

(불길하고 비트가 강한 음악, 그러나 코믹한 음악과 함께 쿵짝딱 바퀴벌레 삼총사 등장한다. 검은 바바리, 검은 스카프, 검은 선글라스 또는 검은 연미복, 어쩌면 복부인 같기도, 어쩌면 스파이 같기도, 어쩌면 바퀴벌레 같기도 한…. 그들은 큰 바퀴를 굴리며 전진한다. 그들의 모습은 위압적이다. 언덕배기, 큰 둥치 삭은 가지 삼백 년 나이 먹은 보호수 한 그루가 굴러 나와 선다. 뒤 쪽 베적삼 입은 털보아저씨, 벌렁 누워 잠들어있다. 코고는 소리만 요란하다)

 # 바퀴들의 노래- 어디만큼 왔니?

어디만큼 왔니? 안즉 멀었다!

어디만큼 왔니? 두어마장 왔다!

어디만큼 왔니? 쇠똥구리 배터졌다

어디만큼 왔니? 사슴벌레도 갈렸다.

어디만큼 왔니? 버들치는 희번떡!

지렁이는 두 동강! 두꺼비는 깨꾹!

도마뱀은 꼴딱! 황소 한 마리 풀썩!

어디만큼 왔니? 참매 하늘은 황천!

다 잡았다! 다 죽었다!

두꺼비   저, 저 저놈들이!

도마뱀   어휴, 저것들 피해 여기까지 왔는데-

참 매   쟤네들 나타나면 마을 없어지고, 쟤네들 나타나면 골프장
         서고, 쟤네들 지나면 고층빌딩 선다! 쟤네들만 나타나면
         내동무, 씨알동무 다 사라져버려!

         (바퀴벌레 군단들, 박에 맞춰 느티나무할멈을 포위하듯
         선다. 할멈은 꼭 쪽 지은 듯 가지 두어 개가 삐져나온, 다
         삭은 머리통에 다소 추상화된 치마폭을 걸쳤다. 가지엔
         두어 점 검은 비닐봉지가 걸려 날린다. 바퀴벌레들은 나
         무 주위를 정신없이 돈다)

바퀴벌레들   (함께) 벨트벨트 나쁜 벨트 그린벨트 나쁜 벨트
         허리띠를 풀러라! 그린벨트 해제하라!
         재수 없어 그린벨트!

쿵   (객석에 대고 변사흉내를 내며) 큰 나무 그늘 아래 사람
         들 모이고, 멍이야 장이야 모두다 옛말!

딱   할아버지 할머니는 양로원 가고, 솔솔 부는 바람이야 에

어콘이 짱!

짝   가을 깊고 겨울 다가도 사람 귀경 못 허는데!

함 께   겨우내 모이는 건 바람에 날려 온 쓰레기들!

쿵   할머니, 아! (아기에게 약을 떠먹이듯 다정을 가장하고,
             약병을 흔든다)

             (나무 할멈, 입을 가리며 물러난다)

쿵   (객석에 대고 방백하듯 노래)

바퀴의 노래- 마셔, 마셔!

             이건 그라목손, 이건 저승사자!

             이건 다 죽여! 풀도 나무도 다 잡아가는 저승사자.

             이건 파라치온, 이건 괴물 아가리!

             숲도 강도 다 삼켜버려!

             이제 숲은 사라지고

             아파트 서고, 골프장 서면

             우리들 세상, 우리들 천국!

함 께   할머니 아-

(나무 할멈, 다시 물러난다)

바퀴들   (할멈 가지에 걸린 비닐봉지를 휙휙 낚아채며 조롱 투로
노래한다)

노래- 이제 그만 갑시다!

둥구나무에 연 걸린다! 이제는 옛말!

둥구나무 서있어도 연 하나 없네.

(객석에 대고) 연 만들 줄 아는 애 손들어봐.

연 날릴 줄 아는 애 손들어봐.

(문방구 가면 판다고?) 흥! 치! 피! 체!

가을 깊고 겨울 다 가도 연 구경을 못하는데

겨우내 나부낀 건 바람에 날려 온 비닐봉지

할멈, 이제 그만 갑시다!

할멈, 이제 그만 갑시다!

(나무 할멈, 끙 하며 바퀴들 따라 퇴장하려는데)

준 희   안 돼!

바퀴들   뭐야? 이 꼬맹이는?

준희의 노래- 할머니 가지마!

(지킴이들, 나무를 보호하려는 듯 둥글게 선다)

할머니, 가지 마! 할머니가 없으면 난 어디서 쉬지?

할머니가 없으면 난 누구 무릎에 기대지?

할머니가 없으면 옛날이야기는 누가 해주지?

할머니가 없으면 누가 우릴 안아주지?

할머니가 없으면 누구랑 놀지?

가지 마! 가지 마!

(바퀴벌레 군단, 쿵딱짝 박자에 맞춰 위압적으로 전진한
다. 바퀴를 앞세우고)

어디만큼 왔니? 안즉 멀었다!

어디만큼 왔니? 두어마장 왔다!

어디만큼 왔니? 쇠똥구리 배터졌다

어디만큼 왔니? 사슴벌레도 갈렸다.

어디만큼 왔니? 버들치는 희번떡!

지렁이는 두 동강! 두꺼비도 깨꾹!

도마뱀은 꼴딱! 황소 한 마리 풀썩!

어디만큼 왔니? 참매 하늘은 황천!

다 잡았다! 다 죽었다!

(나무를 지키기 위해 지킴이들 수호신처럼 막아서지만,
바퀴벌레가 굴리는 큰 바퀴엔 너나없이 나가떨어진다.
바퀴벌레들의 노래에 맞춰서 지킴이들 당한다)

어디만큼 왔니? 쇠똥구리 배터졌다
어디만큼 왔니? 두꺼비도 갈렸다.
어디만큼 왔니? 버들치는 희번떡!
지렁이는 두 동강……

(지킴이들, 다시 전열을 정비해 십이지신처럼 당당히 서
고, 준희는 북채를 들고, 장단 넣으며 이들을 지휘한다.
참매는 머리를 향해 쉬잉, 모자를 채간다.
황소는 진둥만둥 엎어치고 메친다. 뿔로 확인차 들이받고!)

준 희   좋았어!
바퀴들   어구구구!

(엉겁결에 바퀴 하나, 도마뱀의 꼬리를 잡는다. 꼬리가 뚝
떨어져 제 서슬에 푸득이며 바퀴벌레의 뺨을 때린다.

사슴벌레 집게발로 엉덩짝을 꽉 무는데-
줄었다늘었다 지렁이는 레슬링을 하듯 목을 죄었다 놓았다
버들치는 간지럼을 태우고,
두꺼비는 짝짓기 폼으로 엉기적엉기적 덮치는데-)

황 소   자, 막내 공격-

버들치   어, 막내가 없네?

(대신 끙끙이가 달려들어 문다. 공격 또다시 반복된다)

바퀴들   에구구구, 에구구 쿵딱짝 살려! 쿵딱짝 살려!

(바퀴벌레들 요란하게 비명을 지르고 아수라장이다. 털
보아저씨 소란에 잠이 깨나는 듯)

황 소   막내가 없어! 막내가 없어졌어!

도마뱀   막내야, 막내야. 어디 있니?

지렁이   어디 나동그라져 있는 거 아냐?

두꺼비   어디 갔을까?

사슴벌레   형, 멀리 살펴 봐!

참 매   그래!

황 소	보여?
참 매	잠깐만…. 저기 있다! 막내, 찾았다!

(모두들 몰려간다. 잠시 후 황소, 막내 업고 온다)

참 매	막내야 정신 차려! 정신 차려!
버들치	큰일 났다, 어떡하지? 약이 있어야 해.
황 소	털보아저씨를 깨워. 털보아저씨를 깨워.
털 보	웬 소란이냐? 어? 바퀴 아냐?

(등뒤에 꽂은 신발짝 모양으로 된 파리채로 바퀴를 패면 바퀴들, "에구구구!" 하면서 달아난다. 타이어들을 다 놓친 채)

도마뱀	뱉어! 뱉어!
지렁이	얘가, 얘가 큰일 나려고!

(쇠똥구리, 배가 아파 구른다)

두꺼비	토토해, 어얼른!
사슴벌레	너 죽어! 너 이러다 죽어!
황 소	철없는 것이 스티로폼을 갉아먹었어요. 뱉어!

쇠똥구리   싫어! 나 여기 살 거야. 여기 살래. 이거 먹고 여기서 살
         래. 난 여기서 살 수 있어!

털 보   안 되겠다. 약을 써야겠어! 보자, 토사곽란에는… (앞섶을
         풀어 약주머니를 꺼낸다) 이 거 먹여봐. 다 토하게 해야 돼!

         (지킴이들, 강제로 약을 먹게 한다)

쇠똥구리   으웩-으웩-

         (지킴이들 막내의 품에서 나머지 스티로폼 하얀 공들을
         뺏어 멀리 던진다)

털 보   됐다! 이젠 괜찮을 거다!

         (그제야 바퀴들과의 전투에서 부상당한 다른 형제들 에구
         구구, 아픈 소리를 내며 저마다 다친 곳을 내미는데……)

황 소   아저씨, 나도!

버들치   나도!

사슴벌레   나도!

함 께   나도, 나도, 나도!

| 털 보 | 아이고, 녀석들! 안 되겠다. 할멈 좀 도와주세요! |

(나무 할멈 빙긋 웃으며 치마폭을 연다. 치마폭 열리면 그 속에 한의원에서 흔히 볼 수 있는 작은 서랍들로 가득 찬 약함이 있다. 경쾌한 리듬에 맞춰 약함이 이리 저리 열리는데……)

| 털 보 | (판소리 조로) 만리보기천리보기 진둥만둥 자른둥만둥 여니딸깍 줄었다늘었다 깊으니얕으니 더우니차니 올리치기내리치기! 눈 밝히는 데는 마름, 허약하면 둥글레, 허리 아픈덴 고비, 종창엔 쇠비름이나 여뀌, 울렁증엔 맥문동, 눈병엔 마타리, 기침엔 머위, 가래엔 우엉, 부은 데는 흰 민들레, 피부병엔 소리쟁이! |

(저마다 흥겹게 약을 얻어 춤춘다)

준 희	…아저씨, 마음 닫힌 데는 약이 없나요?
털 보	있지!
준 희	뭔데요?
털 보	우정풀, 사랑초!
준 희	그건 어디서 구해요?

털 보	네 마음 속! 밝은 구석에서 자라지.
준 희	칫!
끙끙이	*끄응끄응―*
털 보	그래 그래, 너두 아프지? 목소리를 빼앗겼으니 얼마나 답답하냐. 참매야, 도깨비 방망이 한번만 써보자. 목소리 틔우는 약은 아직 못 찾았거든!
참 매	(망설이다가 방망이를 건넨다)
털 보	소리소리 목소리, 소리소리 개소리! 나와라 뚝딱!

(끙끙이, 갑자기 목청이 트인 듯 얼굴 환해지는데… 겨우 터져 나오는 소리)

끙끙이	야옹-야옹―
털 보	어이쿠! 헤롱헤롱 도깨비 방망이한테는 총명환이 제격이겠구나!
준 희	(끙끙이가 가여워서 머리를 쓰다듬어주고는) …마음이 아플 때는 어찌지요?
털 보	…글쎄다,
준 희	어른들한테는 술이 약인가요?
털 보	글쎄다.
준 희	어른들 마음 아플 땐 어떤 약이 좋을까요?

털 보	잘 뛰어놀아라! 엄마 아빠 아픈 데는 너만 한 약이 없단다!

(털보 곁으로 쇠똥구리 다가선다)

쇠똥구리	아저씨, 아저씨는 숲을 지키지? 난 아이들을 지켜, 날 기억하는 아이들을 지킨다고! 이제 우릴 누가 기억해? 빈 마당엔 고들빼기 꽃만 노랗고 허물어진 광에선 애들이 타던 썰매가 녹이 스는데, 우릴 누가 기억해? 두고 온 빈집을 누가 기억해?
털 보	(쇠똥구리를 안아주며) 괜찮아, 괜찮아…. 어려서는 김치 싫어하다가도, 크면 김치 찾고 된장찌개 좋아한단다. 괜찮아! (꼭 껴안는다)

(암전)

9. 길 떠나자!

(털보, 리어카를 끌고 등장한다. 리어카엔 변신할 바퀴들과 이런 저런 청소도구가 한가득 실렸다)

털 보	자, 다들 나와라! 도와 줘! (물구나무선다)
지킴이들	에! (숨어 있다가 우르르 나온다)
털 보	시-작!

(무대 위 이런 저런 용도 변경된 바퀴들로 채워나간다)

 # 노래- 바퀴는 변신 중!

이 바퀴로 무얼 할까?

예쁜 화단 만들자!

이 바퀴로 무얼 할까?

흔들흔들 그네를 달자!

이 바퀴로 무얼 할까?

공룡 반지? 기린 목걸이?

놀이터에 뜀틀 세우자!

털 보	자, 단장 끝! 다음엔 어디로 갈까?
참 매	(손을 이마에 붙여 먼 곳을 보는 시늉) 저기- 하나, 둘, 셋… 아홉 산, 아홉 고개 너머 너머!
털 보	좋아, 가자!

(지킴이들, 리어카에서 제각각 맞는 청소도구들을 꺼내

든다)

| 털 보 | (판소리조로 선창) 간다, 간다 지키러 간다! 세상 다 지키러 우리가 간다! |

털 보   (판소리조로 선창) 간다, 간다 지키러 간다! 세상 다 지키
　　　　러 우리가 간다!

지킴이들　(합창) 간다, 간다 지키러 간다! 세상 다 지키러 우리가 간다!

번갈아 가며　만리보기천리보기 하늘 지키고!

　　　　진둥만둥 음-메 논밭 지키고!

　　　　자른둥만둥 나는 골짜기 지키고!

　　　　여니딸깍 잘생긴 나는 나무 지키고!

　　　　줄었다 늘었다, 귀여운 나는 땅 지키고!

　　　　깊으니 얕으니 재빠른 나는 냇물 지키고!

　　　　더더우니차니 나는 마맑은 공기 지키고!

쇠똥구리　나는요, 뭘 지키죠?

털 보　애들 지켜야지. (경단 굴리는 시늉) 애들은 다 흙장난이
　　　　라면 좋아 죽잖아.

함 께　맞아!

털 보　간다, 간다 지키러간다! 세상 다 지키러 우리가 간다!

　　　　(끙끙이, 끙끙대며 길을 막는다. 그리고 청소도구를 이리
　　　　저리 물었다 놨다 하며 저도 따라가겠다는 표시를 한다)

털 보	끙끙아, 너도 아저씨 따라 갈래?
끙끙이	끙끙!
버들치	넌 뭘 지키게?
끙끙이	*끙끙끙끙 끙끙끙!*
털 보	어-! 우리 산천 더럽히는 환경 도둑놈 지키겠다고? 좋지!
준 희	끙끙아, 잘 살아야 돼! (꼭 안아준다)
털 보	가자, 가자 지키러 가자! 세상 다 지키러 함께 가자! 가만, 먼 길 가는데 발걸음도 가볍게! 선물 준비한 게 있지!

(솜사탕 기계를 끌고 나온다. 탈탈탈 솜사탕 기계 돌아가기 시작하고)

모 두	와-!
털 보	자, 가자 가자 지키러 가자! 세상 지키러 함께 가자! 솜사탕 타고 가자! 훨훨 둥실 솜사탕 타고 가자!

노래- 요게 약!

마음 넘어진 데는 요게 약!

(**모두**: 그렇지!)

코피 터진 데는 요게 약!

(**모두**: 그렇지!)

탈탈탈 나오너라 요술 약솜아

탈탈탈 나오너라 마술 구름아

털 보   준희랑 준호도 하나씩! 자, 저기 저기 작은 풀꽃들에게도
           하나씩!

           (준희, 객석으로 솜사탕 나른다)

털 보   자, 이제 가자!

           (지킴이들, 큰 솜사탕을 저마다 들고, 꼭 구름 밭을 걷는
           양 두둥실 둥실 떠나는 시늉. 솜사탕에 불 밝혀졌다. 솜사
           탕 등불…… 무대 가득히 둥실 둥실! 지킴이들, 객석을 향
           해 손을 흔든다)

준 희   얘들아, 잘 가!

준희의 노래- 솜사탕

           내 눈물에 젖은 솜사탕

           달콤 짭짜롬 솜사탕

           내 마음 아플 때 감싸주던 솜사탕

먹다보면 웃던 솜사탕

난 어른이 되어도 솜사탕 속에

얼굴 묻고 울어볼 거야.

울다가 웃어볼 거야.

내 입가에 하얀 솜사탕

(쇠똥구리, 떠나려는데 몇 걸음 떼 놓다가 돌아와 준호를

꼬옥 안아준다)

쇠똥구리　　　이 산천 한 바퀴 다 돌고 나면 다시 올 수 있을 거야. 이

　　　　　　　숲 잘 지켜 줘!

준　호　　　　(처음으로 눈을 맞추며) 꺄악- 꺄악-

준　희　　　　그래, 이 숲은 나랑 준호가 지킬게! 안녕, 안녕! 나도 집으

　　　　　　　로 돌아갈 거야. 우리 집은 내가 지킬 거야! 세상 숲은 너

　　　　　　　희들이 지켜줘! 잘 가!

(모두들 빠져나갔다)

준　희　　　　준호야, 우리 이제 집으로 가자! (씩씩하게 걸음을 옮기려

　　　　　　　다가 혼잣말로) …근데 우리 집은 내가 지키고, 세상 숲은

　　　　　　　지킴이들이 지키고, 그럼 지킴이는 누가 지키지? …(손뼉

을 마주치고) 아! (객석을 향해 손을 내민다. 속말로 "여
러분!")

(경쾌하고 서정적인 음악 울리고, 막 내린다)

-막-

눈꽃빙수 먹는 날
(원작 : 눈의 여왕)

등장인물

· **제다**

· **카이**

· **눈의 여왕**

· **가릉이**   고양이

· **골골이**   개구리

1인 다역 배우가 맡을 수도 있다. 장면에 따라 인형으로
축소되어 등장할 수도 있고, 중요한 역할을 해야 하는 장
면에서는 실연 배우로 바뀌어 등장할 수도 있다.

· **동장군**   까마귀 역할까지 맡는다.

· **코러스**   루돌프, 꽃씨, 나무 등 1인 다역

무대

막이 오르면 카이가 사는 반 지하 방이 보인다. 작은 소파와 적당한 크기의 냉장
고 정도로 카이의 집을 표현한다. 바깥으로 난 가로길이가 긴 창은 갤러리 벽면을
장식한 빈 수족관처럼 보이는데 이 창을 이용해 눈의 여왕의 신비로운 등퇴장과
제다가 떠난 모험 길의 풍경 변화를 적절히 표현할 수 있다. 이 창은 때로는 샌드
아트가 투사되는 배경막이 될 수도 있고 그림자극, 인형극 등이 펼쳐지는 무대로
도 쓰일 수 있다.

창을 통해 등장하는 인물들은 손이나 발 등을 과장되게 키워 신체 일부만으로도
그 캐릭터를 표현할 수도 있겠다.

프롤로그

(카이는 발돋움을 하고서 창밖을 보고 있다. 기침을 하는 카이, 이마를 제 손으로 짚어본다. 뜨거운 이마를 차가운 창턱에 대고 식혀보기도 한다. 기운 없이 소파에 돌아와 눕는다. 이때 강풍과 함께 눈보라 치면 눈의 여왕의 얼굴 또는 눈이 창에 확대되어 비친다)

눈의 여왕   (에코) 저 아이의 붉은 볼을 갖고 싶어!

(소파로 돌아갔다가 다시 카이, 창가로 가 매달린다. 제다가 오는 지를 유심히 보고 있다. 잠시 후 노크 소리)

제 다   카이, 나야. 제다.

(카이, 얼른 소파로 돌아가 웅크린다. 잠든 척한다)

제 다   우리 엄마가 너 갖다 주래. 따뜻이 데운 우유야. (작은 보온병을 내놓는다)

카 이   제다, 동화책 읽어줄래? (기침한다)

제 다   지금은 안 돼.

카 이	그럼 얼음땡 놀이 하자!
제 다	카이, 미안해 나 금방 가야해. 애들이랑 썰매 타기로 했거든.
카 이	나 혼자 두고?
제 다	눈 오는 날 썰매 타는 게 제일 재미있는 거 너도 알잖아. 너희 엄마 곧 오실 거야.
카 이	우리 엄마는 늦을 거야. 자동차는 엉금엉금 사람들은 두 둠두둠. 온통 눈길인걸. 제다 나 아파!
제 다	우유 마시고 코 자. 그럼 저녁이 금방 와.
카 이	제다, 나 많이 아프다니까. 삐뽀삐뽀 병원차가 달려와서 나를 데려갈지도 몰라. 나 다시는 못 볼지도 몰라.
제 다	카이, 이 엄살쟁이! 나 간다.
카 이	가지마. 혼자 있으면 더 추워.
제 다	이걸 칠해 줄게. 해님 색깔이야. 손끝부터 곧 따뜻해질 거 야. (주머니에서 형광펜을 꺼내 카이의 손톱을 칠한다) 제다가 제일 좋아하는 오렌지 색, 감기엔 귤, 손톱엔 조그 만 해! 햇님이 손톱 끝에 방긋! 나도 칠해야지, 슥슥. 썰매 를 타면 손이 시릴지도 몰라.
카 이	바보! (펜을 빼앗아 던져버린다)
제 다	나빠 카이. (사이) 나 이걸로 어묵 사먹으려고 했는데… 이 동전 너 줄게. (두 손에 동전을 쥐고) 자, 어느 쪽 동전 이 더 크게?

카 이	몰라! 그깟 동전, 아무려면 어때!
제 다	(작게 한숨) 사실은 꽃을 가져오고 싶었는데 겨울이라 꽃이 없었어. (동전을 카이의 주머니에 넣어준다)
카 이	제다, 가지 마. 제발.
제 다	내일이면 저 눈이 다 녹을지도 모르는 걸! (자신의 목에 감은 손수건을 풀러 카이의 이마 위에 접어 올려놓는다) 카이, 나 딱 한 바퀴만 타고 올게. (문을 열고 나가려다가 멈춰 감탄한다) 카이, 눈이 소복소복 쌓였어! 세상이 다 눈꽃빙수 같아. 카이, 감기 낳으면 우리 눈꽃빙수 먹으러 가자! 사각사각 우유 얼음, 팥알팥알 단팥 수북, 망고망고 노란 망고, 말랑말랑 오색 젤리, 맛있겠다!
카 이	(문 앞을 막아선다) 제다, 너 못 가! 내 감기 다 옮길 거야. (제다의 얼굴에 기침을 한다) 너도 콜록 콜록 아플 거야. (콧물을 제다 옷에 묻힌다) 병원에 가서 주사 맞고 한참을 갇혀 지내야 할 걸? 내 감기 다 옮길 테야. 제다, 죽을 만큼 아파랏!
제 다	카이, 미워! 혼자 끙끙 아파라! 너야말로 죽을 만큼 아파라!
	(제다, 나가버린다. 사이, 적막하다)
노 래	겨울눈은 잠드는 눈 봄눈은 잠깨는 눈

사락사락 눈 오는 날 아가야 솜이불 덮고 코 자거라.

(카이, 소파 위에서 잠든다. 담요를 끌어올려보지만 발이
나온다)

카 이   추워. 제다, 가지마. 혼자 있기 싫어. 추워, 차가운 물속에
              있는 것 같아.

(강풍이 불고, 창이 덜컹거리다가 열린다. 눈보라가 방안
으로 몰아친다)

눈의 여왕   (에코 음으로) 카이, 카이 눈을 떠. 나와 함께 가자.
카 이   누구세요?
눈의 여왕   나는 눈의 여왕, 겨울 왕국을 다스리지.
카 이   안 돼요. 제다가 올지 몰라요. 엄마도 곧 올 거예요.
눈의 여왕   카이, 나는 너를 혼자 두지 않을 거야. 난 내 백성들을 홀
              로 두지 않아, 난 너와 함께 있을 거야.

(카이, 기침을 심하게 한다)

눈의 여왕   이마가 뜨겁구나.

카 이	여왕님 손은 차요, 시원해요.
눈의 여왕	내 옷자락을 잡아라. 설탕처럼 하얗고, 아이스크림처럼 부드러운 눈 언덕을 보여주마.
카 이	안 되는데… 제다가 곧 온댔어요.
눈의 여왕	오래 걸리진 않을 거야. 눈 한 송이가 내릴 동안, 눈 한 송이가 내릴 동안만 나와 함께 있다오, 카이.

(냉장고 문 열리면 빛이 쏟아진다. 여왕과 카이, 냉장고 속으로 사라진다. 사이)

제 다	카이, 꽃을 가져왔어. (손엔 신문지에 싼 구근 하나를 소중히 들었다) 옆집 할아버지가 주셨어. 봄이 오면 뿌리에서 노란 꽃이 피어날 거래. 할아버지네 냉장고에서 긴 잠을 잤대. 카이, 얼른 나아! 감기 나으면 너도 썰매 타러 가자. 카이? 카이야 어디 있니?

(열려 있는 냉장고, 빛이 쏟아진다. 제다는 카이의 이마에 덮어준 손수건이 냉장고 앞에 떨어져 있는 것을 발견한다)

제 다	카이… 어디 간 거야? 카이!

(제다는 얼른 카이의 귀마개와 벙어리장갑을 챙긴다. 냉장
고 안으로 제다 또한 빨려 들어가듯 사라진다. 암전된다)

1. 이상한 길목

제 다 카이, 카이 어디 있니? 숨바꼭질 하는 거야? 그만 나와, 난
늘 너를 못 찾잖아.

골골이 에취, 깨루룩 그 장갑 좀 빌려줄래?

제 다 누구니?

골골이 네 장갑 안에 들어가서 겨울잠을 더 자야겠어.

제 다 이 장갑은 카이 거야. 카이를 만나면 줘야 해.

골골이 그래, 카이! 니가 카이, 카이 부르는 소리 때문에 깼어. 깨
루룩.

제 다 미안, 카이를 찾아야 해. 카이가 사라졌어. 혹시 카이 못
봤니?

골골이 카이? 연못가엔 가봤어? 카이는 올챙이 잡는 걸 좋아해!

제 다 연못은 꽁꽁 다 얼었는 걸?

골골이 참, 지금은 겨울이지! (사이) 내가 카이를 찾아줄게. 난
카이를 잘 알아. 카이가 두고 간 노란 양동이 생각난다!
지난 봄 카이랑 난 정말 재미있게 놀았지. ‘(노래) 개울가

에 올챙이 한 마리 꼬물꼬물 헤엄치다' 우린 숨바꼭질을
했어. 내가 물풀 속에 숨으면 카이의 작은 손이 쏙 들어
와서 날 찾아냈어. 볼동볼동 개구리 알, 올동올동 올챙이
꼬리 (한 바퀴 돌며 노래 부른다) '앞다리가 쏙, 뒷다리가
쏙', 짠! '개구리 됐네!' 그게 나야!

가릉이	(소리만) 야옹 야옹 나도 가.
제 다	누구?
가릉이	나? 네 친구, 가릉이!
제 다	가릉이?
가릉이	너랑 나랑 소시지도 나눠 먹고, 핫 바도 한 입! 네가 내 목 덜미를 부드럽게 만져주면…….
제 다	가릉가릉가르릉! 가릉이!
가릉이	그래! 우리, 편의점 앞에서 자주 만났지?
제 다	응! 근데 너, 카이를 알아?
가릉이	알지! 내 친구의 친구는 내 친구! 내 친구는 제다, 제다 친 구는 카이, 그러니까 카이는 내 친구!
제 다	그래, 맞아. 우리 모두 친구야!
가릉이	(노래) 에이비시디이에프지, 엣취아이제이케이 고양이는 캣 고양이 수염은 엣취! 간질간질 엣취, 겨울에도 엣취, 봄이와도 엣취! 간닥간닥 바람 든 자리는 다 같으니 엣취!

(함께 웃는다)

골골이   카이를 찾으러 함께 갈래?

함 께   그래, 그래, 가자.

(동장군, 고드름 창을 들고 길목을 지키고 있다. 손전화를
꺼내보면서 거울삼아 자신의 수염을 다듬는다. 덜그럭
덜그럭 고드름 수염이다)

동장군   나는야 동장군, 겨울왕국으로 가는 길목을 지키지. 내 수
염은 정말 멋져! '고드름 고드름 수정고드름 고드름 따다
가 발을 엮어서!' 목이 마르면 요걸 똑 따서 한 입 먹으면,
아! 시원해.

(손 전화 화면에 제다 일행의 등장이 떴다. 일행들의 노래
소리도 들린다. 화들짝 놀란다)

동장군   앗, 조그맣고, 따뜻하고, 말랑한 이것들은 뭐지? 이곳에
오면 안 되는 데! 어떻게 온 거지? (손 전화를 건다) 여왕
님, 눈의 여왕님! 조그맣고, 따뜻하고, 말랑한 것들이 여
왕님의 나라에 들어왔어요. 어떻게 할까요?

(여왕, 작은 어항 속을 수정구슬 들여다보듯 들여다본다.
어항 속 물은 얼어있다)

눈의 여왕   지혜의 작은 연못아, 나에게 보여 다오. 조그맣고 따뜻하고
          말랑한 것들이 내 왕국으로 들어왔구나. 저기 안쪽 방에서
          잠든 볼이 빨간 아이를 찾아가려고! 안 되지, 막아야해.

동장군   제가 해보겠습니다. 제게 맡겨주십시오. 어어, 근처까지
          왔어요! (전화를 끊는다) 애들을 홀려야지, 홀려서 한발
          자국도 더는 떠날 생각이 들지 않도록! 자, 뽑기 가게를
          여는 거다!

          (동장군, 트렁크를 꺼내 좌판을 편다. 트렁크 안에는 알록
          달록 눈길을 끌만한 물건들이 잔뜩 들었다. 작은 구슬통
          으로 꽉 찬 뽑기 기계를 진열한다. 그리고 양 손에 까마귀
          인형 탈을 끼운다)

왼손 까마귀 (노래) 까옥까옥 까까옥 겨울왕국 가는 길목에 뽑기 가게
          가 있어. 나그네들 통행세로 무얼 받을까.

오른손 까마귀 봄이 오면 나는 당신의 신부. 검정 드레스 오직 단 벌 뿐
          인데 예쁘게 장식할 깃털을 주세요.

왼손 까마귀 반짝반짝 공작새 깃털은 어때요, 반짝 반짝 병뚜껑 반지

좋아요.

(이때 루돌프, 등장한다)

루돌프   이번엔 누굴 속이려고? (뽑기용 기계의 손잡이를 돌린다)
           이거 다 꽝이야! 꽝! 꽝! 모두 꽝! (빈공이 허공중에 떨어
           진다)

동장군   (허둥지둥 줍는다) 비켜. 방해하지 말고!

루돌프   거짓말쟁이! 열 번을 뽑아도 선물 따윈 없어.

오른손 까마귀 당신이 운이 없는 거죠. 다시 한 번 하시든가!

왼손 까마귀   가진 거 있어? 반짝 거리는 거!

루돌프   다 줬잖아, 내 목에 매달렸던 은종, 크리스마스 장식 전
           구, 이 코끝을 밝히는 불빛까지 다 줬잖아! (크게 낙담) 역
           시 내겐 아무도 선물을 주지 않을 거야. 나는 미움 받는
           루돌프야.

동장군   좋아, 나를 도와주면 까짓것 내가 선물을 주지!

루돌프   정말?

동장군   그래, 나, 이 길목을 지나가는 조그맣고 따뜻하고 말랑한
           꼬맹이를 홀려서 정신을 쏙 빼놓을 거야. 나를 도와주면
           선물 준다!

루돌프   정말이지?

까마귀	그래!
루돌프	자, 뽑기 하세요. 뽑기! 세상에서 제일 멋진 뽑기 기계랍니다. (뿔을 빼서 박수치듯 부딪쳐 소리를 내면서 바람을 잡는다) 이 뽑기는 이를 뽑은 용감한 어린이만 해볼 수 있는 뽑기예요.
제 다	저기, 똑똑, 안녕하세요.
루돌프	어서 오세요, 손님. 재미있는 뽑기 한번 해보시겠어요?
제 다	와, 뿔이 아주 멋진 사슴이구나. 사슴아, 혹시 카이 못 봤니?
루돌프	카이? 카이는 누구? 절로 갔다카이?
제 다	봤구나! 카이를 봤어. 어느 쪽으로 갔어? 저쪽?
루돌프	아니, 카이, 일로 갔다카이
제 다	이쪽?
루돌프	오른 쪽으로 갔다카이!
제 다	오른 쪽!
루돌프	왼쪽으로 갔다카이!
제 다	왼쪽!

(루돌프, 배를 잡고 웃는다)

제 다	너, 나쁜 사슴이구나!
루돌프	나 사슴 아닌데?

제 다	응? 사슴이 아니라고?
루돌프	나, 순록이야. 사슴하고 순록은 다르게 생겼지. 바보!
제 다	그래…? 그럼 순록아, 혹시 카이 못 봤니?
루돌프	글쎄? 내가 카이를 봤다고 한들 내가 왜 그걸 너에게 가르 처줘야 하지? 넌 나한테 선물 하나 안 줄 거잖아.
오른손 까마귀	카이란 아이는 어떻게 생겼나요?
제 다	와, 너 그믐밤처럼 까만 깃털을 가졌구나. 보름달처럼 노 란 눈이 멋져!
까마귀들	안녕, 나는 신랑 까마귀야. 안녕, 나는 신부 까마귀!
제 다	그 노란 눈으로 무얼 보았니? 내 친구 카이 못 보니?
왼손 까마귀	어떻게 생긴 아인데, 까옥?
제 다	카이는 아주 귀여운 아이야. 이 귀마개가 꼭 맞는 작은 귀 를 가졌지. 이 벙어리장갑에 꼭 맞는 조그만 손을 가졌어. 순록아, 넌 먼 곳까지 가봤겠지, 너 정말 카이를 못 봤니?
루돌프	…오늘 아침 본 애가 카이였나? 눈의 여왕이 작은 남자 아 이를 긴 망토 속에 감추고 저 언덕을 넘어갔어.
제 다	눈의 여왕?
루돌프	콜록 콜록 기침소리를 들은 것도 같아.
제 다	맞아, 카이야! 카이!
오른손 까마귀	(헛기침) 저기, 착한 아이야. 나 열 밤만 자면 내 결혼식인 데 웨딩드레스를 뜨고 있어. 눈송이 송이를 모아서 레이

스를 엮는단다. 이 실로 한 송이 한 송이를 붙이면 짠! 드레스가 되지. 착한 아이야, 이 실 좀 감아줄래? 네가 나를 도와준다면 내가 아는 것을 가르쳐줄게.

제 다   눈뭉치 같이 하얀 실공이네.

(제다는 신부까마귀가 건네준 실공을 감는다. 사이, 잠이 스르르 온다. 실 뭉치가 짧아지면서 제다 동장군의 가방 속으로 들어갈 뻔 한다. 가릉이는 잽싸게 공을 잡아챈다)

가릉이   제다! 눈발이 세지고 있어. 곧 길이 지워질 거야. 어서 떠나야 해.

제 다   그래, 잊고 있었어. 가자.

동장군   (가려는 앞길을 막는다) 얘들아, 먼 길 가려면 이런 것들이 필요할 걸? 하나 뽑아봐.

루돌프   그래, 겨울나라에 어떻게 가려고?

왼손 까마귀   눈의 여왕이 사는 성으로 들어가려면 암호도 알아야 할 걸? 까옥! (얼른 입을 막는다)

제 다   암호?

오른손 까마귀   어서 하나 뽑아 봐요. 암호가 나올지도 모르죠.

루돌프   눈의 여왕이 사는 나라는 아주 추워! 너, 고양이 한 마리! 털 장화도 안 신고! 너, 거기 장갑 속엔 뭐냐? 푸르딩딩 졸

아붙은 개구리 한 마리! 죄다 꼬라지하곤.

제 다	제다! 맞아, 내 이름이 제다야! 너 날 알아?
루돌프	난 그냥 뭐, '죄다'라고 했을 뿐이야. 자, 가진 걸 걸고 어서 뽑기를 해!
동장군	애야, 언덕 너머 겨울왕국으로 가려면 지금 차림으론 어림없단다. 내 가게에서 필요한 걸 장만해 가렴!
제 다	그렇다면 한번 해볼까?
동장군	자, 자, 잘 뽑아봐. 세찬 눈보라를 막아주는 왕고글! 미끌 성벽을 오를 수 있는 찍찍이 장갑! 모닥불을 피울 수 있는 맘모스 방귀, 그 방귀를 큰 봉지, 작은 봉지! 그래, 빨간 공은 주머니 난로를 받을 수 있어. 열 밤은 끄떡없는 주머니 난로! 골라골라 골라, 뽑아뽑아 뽑아!
제 다	맘모스 방귀라고? 그걸 어디다 써?
동장군	만년설 속에 묻혀있던 맘모스 방귀야말로 눈밭에서 불 피우는 데는 최고지, 펑! 화르르르.
루돌프	(속삭이듯) 내가 선물을 뽑는 방법을 가르쳐줄 게. 선물이 나오면 나한테도 나눠줄래? (시무룩) 나는야 루돌프, 선물 한번 받아본 적 없는 루돌프!
제 다	너, 루돌프구나! 그래, 루돌프야! '루돌프 사슴 코는 매우 반짝이는 코'
루돌프	그래, 나 루돌프 맞아.

제 다	루돌프! 너 코끝에 불이 꺼져있어서 못 알아 봤어. 산타할 아버지는?
루돌프	고향으로 가셨지. 난 한 눈 팔다 그만…. 백화점 앞에 세 워져 있던 빨간 사슴이랑 친구가 되었거든. 신나게 놀다 보니 다들 떠나버렸지 뭐야.
제 다	산타할아버지가 너를 찾으시겠다.
루돌프	흥! 산타할아버지는 너무 뚱뚱해! 마트 시식 코너를 그 냥은 못 지나가서. 만두도 집어먹고, 요거트도 마시고, 아휴, 지난 크리스마스 땐 썰매 끌기가 얼마나 힘들었 다고! 난 열심히 선물을 날랐지만, 막상 나는 선물 하나 못 받았어!
제 다	루돌프야, 이 동전 너 줄게. 네가 뽑아 봐.

(루돌프, 신이 나서 뽑기 통을 돌린다. 고글이 당첨된다)

모 두	와!
루돌프	(고글을 써본다) 나 선물은 처음이야. 어때? 나 뽀로로 같아?
동장군	한 번 더! 다음엔 거위 털 잠바가 나올지도 몰라.
제 다	멋지다! (가릉이와 루돌프는 번갈아가며 고글을 써본다)

(이때 골골이, 뽑기 통 안에 몰래 긴 혀를 넣어 공 하나를

빼낸다)

골골이	(뽑혀 나온 공을 열어본다. 종이에 다음 글이 적혀져 있다) 눈에 눈이 들어가니 눈물인가 눈물인가? (얼른 구겨 주머니에 넣는다)
동장군	한 번 더 뽑아 봐.
제 다	(빈 주머니를 털어 보인다) 없어요. 마지막 동전이에요.
왼손 까마귀	안됐구나. 그럼 장갑을 걸래?
제 다	안 돼요. 이건 카이 장갑인 걸요.
왼손 까마귀	그럼 장갑 속에 숨어 있는 걸 다오.
제 다	네? 뭐요?
왼손 까마귀	고거, 촉촉한 젤리, 말랑말랑한 개구리 젤리를 다오.
오른손 까마귀	고 녀석 맛있겠네. (입맛을 다신다) 착한 아이야, 나 온 종일 먹은 게 없단다. 꼬르륵.
제 다	안 돼요! 골골이는 젤리가 아니야, 내 친구야!
왼손 까마귀	쳇, 내놓는 게 없으면 가져가는 것도 없다!
가릉이	가자. 제다, 우린 삼총사잖아. 무적의 삼총사! 이깟 것 없어도 카이를 찾을 수 있어. 제다, 북풍이 몰아치고 있어. 떠나야 해.
제 다	그래, 가자.
루돌프	그럼 나도 가자. 북풍이 불어오는 쪽이라면 내가 잘 알지.

동장군	야, 너… 가지마! 안 돼! 길떠나봤자 고생이야. (앞을 막는다) 여기 같이 있자, 겨울왕국 하나도 재미없어. 뽑기놀이가 이 세상에서 제일 재미있어. 내가 선물 팡팡 쏠게.
루돌프	됐네요, 슬슬 산타할아버지도 보고 싶어. 함께 썰매 끌던 순록 친구들도 날 기다릴 거야. 멋진 고글이 생겼으니 눈언덕을 날듯이 달려봐야지.
오른손 까마귀	(동정을 구하듯) 제다, 열 밤 자고나면 내 결혼식이예요. 내 결혼식 들러리가 되어 주세요. 제다도 반짝 반짝 예쁜 드레스를 입을 수 있을 거예요. 제다, 내 결혼식 보고 가요.
제 다	…미안해. 까마귀신부야. 나, 카이를 찾아야 해.
가릉이	어서 가자! (사이) 또 눈 쏟아진다!
함 께	눈송이를 세 보자. 하나 둘 셋 넷 다섯 여섯 일곱 여덟…
노 래	눈보라 몰아쳐도 하나 둘 셋 북풍이 불어와도 하나 둘 셋 우리들은 언제나 하나 둘 셋
루돌프	지금은 넷! 나까지 넷! 우리는 사총사.
가릉이	그래, 삼총사보다 더 용감한 게 사총사야! 카이를 만나면 우리 오총사를 만들자.
골골이	하나 둘 셋 넷 다섯! 셋보다 넷이 더 좋아. 넷보다 다섯이 더 따뜻해.
제 다	눈송이는 다 셀 수 없지만 친구들은 셀 수가 있지.

함 께   하나 둘 셋 넷 다섯! 셀 수 있으면 센 친구들! 우리 넷이
     나가신다, 눈보라야 길을 비켜라.

     (모두 행진하며 퇴장한다)

동장군   (홀로 남게 되어) 눈이 오시네, 하얀 면사포처럼 고운 눈
     이야. 다시 심심한 하루…….

왼손 까마귀   눈 내리는 저녁 벌판에 가만히 서 있으면 내 머리에 하얀
       면사포.

동장군   사락사락 하얀 면사포.

오른손 까마귀   하지만 내 머리는 사랑하는 그대 생각으로 너무 뜨거워,
       어쩌나 눈송이 면사포가 다 녹아버리네.

     (제다, 헐레벌떡 뛰어와 등장한다. 주머니에서 신문지에
     싼 구근을 꺼내 건네준다)

제 다   까마귀 신부야, 이거 가져. 신부라면 꽃을 들어야지. 이
     뿌리에서 노란 꽃이 필거야. (수선화 구근을 내민다) 신
     랑 까마귀야 너도 안녕!

     (동장군, 까마귀 인형 장갑을 벗는다. 난처해져서)

226

동장군	여왕님, 어쩌죠? 조그맣고, 따뜻하고, 말랑한 것들이 눈덩이처럼 뭉쳐서 여왕님 나라로 떠났어요.
눈의 여왕	(어항 속을 수정 구슬인양 보고 있다가 혀를 차며) 그거 하나를 못 막아?
동장군	죄송해요.
눈의 여왕	그렇다면 꼬르륵 대왕에게 맡겨야겠군. 얼음을 꺼지게 해서 강물 속에 빠지게 할 테다. 골탕을 먹여야지. 더 이상 한발자국도 못 가게!
동장군	전 이제 어쩌죠?
눈의 여왕	넌 성으로 돌아와 아이를 감시하도록 해! 나는 남극 북극 빙산을 돌아봐야하니 성을 비워야 해.
동장군	예! 북풍을 타고 슝 돌아가도록 하겠습니다. 흥, 이깟 마늘인지, 양파인지, 작은 똥 덩어리 같이 생긴 게 꽃을 피운다고? 말도 안 돼! (안 주머니에 구기듯 넣는다. 암전)

2. 수정동굴

눈의 여왕	(외출하려고 몸단장을 하고 있다. 흰 털 망토를 걸친다)
카 이	여왕님, 여기는 어디죠?
눈의 여왕	내가 사는 수정동굴이다. 똥장군, 똥장군! 도착했나?

동장군	(헐레벌떡) 왔습니다. 단숨에 달려왔습니다. 북풍이 모는 마차를 탔더니 온몸이 욱신욱신 해요. 휘두른 채찍에 맞았는지 온 몸이 다 아파요.
눈의 여왕	똥장군, 카이에게 일을 주도록 하라.
동장군	여왕님, 전 똥장군이 아니라 동장군이라니까요. 너무 하십니다요.
눈의 여왕	너, 일을 망친 게 한 두 번이야? 썰매 날은 잘 갈아두었겠지? 남극에서 북극까지 단숨에 달릴 수 있도록 말이야! 내가 출발하면 오로라를 깔도록 해! 지상의 모든 것들이 내 아름다움에 홀려서 넋을 잃도록!
동장군	에휴, 내 팔자야. 자, 너 이리와. 여기 이불 귀퉁이를 잡아라. 네 이름이 뭐냐?
카 이	…내 이름요? 나, 내가 누구지? 내가 누구였더라? (주머니를 뒤진다. 동전을 발견한다) …동전이 있네? 여왕님 내가 누구죠?
눈의 여왕	(에코) 여기는 시간도 얼어버리는 곳, 기억까지도 얼어버리는 곳.
카 이	여왕님, 돌아가고 싶어요. 약속했는데, 여왕님이 약속했었는데…그래요, 눈 한 송이가 내리는 동안만 함께 있어달라고 했잖아요.
눈의 여왕	호호호호 봐라, 여기는 눈 한 송이가 영원히 녹지 않는

곳! (눈 한 송이가 얼어 공중에 그대로 멈춰있다) 눈 한 송이가 내리는 동안만 함께 있자는 약속이 거짓은 아니지! 호호호호.

(동장군, 오카리나를 꺼내 불면 오로라가 퍼지는 아름다운 굉음 소리가 난다. 여왕이 쓴 베일 같은 그림자가 벽을 쓸고 지나간다)

동장군   자, 이 소리에 맞춰 이불 귀퉁이를 잡고 털어라. 아이고, 이 수염 때문에 여간 힘든 게 아니다. 멋진 수염이 부러지면 안 되는데. 이놈의 수염은 길이도 비쭉 빼쭉 달라서 자꾸 걸려요.

눈의 여왕   똥장군, 이 아이를 데려가 일을 가르쳐. 심심할 새 없이, 혼자 둘 새 없이! 그게 내가 이 아이에게 한 약속이야! (퇴장한다)

동장군   자, 이불 끝을 잡아. 여왕님 침대를 덮는 구름 이불이야. 이 이불을 털면 지상에 눈이 날리기 시작하지. 이놈의 구름 먼지는 매일 매일 털어도 끝도 없이 날린단다.

카 이   세상을 다 덮어버릴 것만 같아요.

동장군   여왕님은 큰 눈을 내리는 걸 좋아하지. 보고 싶은 사람들이 서로 만날 수 없게 하려고 눈을 내리는 거다. 큰 눈은 친구들을 갈라놓지. 여왕님은 혼자만이 외롭게 지내는 걸 못 참거든. 서른 날 마흔 날을 집 밖에 못 나오도록 산짐승과 사람들을 가둬두기도 해. 그게 여왕님의 못된 심보란다.

카 이   팔이 아파요.

동장군   벌써? 저 눈 송이가 녹을 동안은 넌 일을 해야만 해. 꾀부리다가는 진눈깨비 회초리로 찰싹 맞게 될 거다.

카 이   아아! (동전을 꼭 쥐고서 주저앉는다)

3. 들판

(휭휭 채찍처럼 몰아치는 눈바람 소리, 일행들 어렵게 앞으로 나가고 있다. 슬로우 모션 마임)

제 다   카이야, 카이야. 어떡해, 카이가 죽은 건 아닐까? 카이, 내가 잘못했어. 아픈 카이를 혼자 두면 안 되었는데.

가릉이   울지 마. 예쁜 볼이 다 트잖아.

루돌프   (소리만) 제다, 이리 와봐. 카이 발자국을 찾은 것 같아!

제 다   어디? (퇴장한다)

골골이	나 졸려, 나 겨울잠을 자야 하는데 잠이 부족해. 아, 배도 고파!

(바람소리 휘잉 들린다)

골골이	파리다, 파리야! (허공중에 손뼉을 친다)
가릉이	으히히힛, 난 추운 건 질색이야.
골골이	근데 왜 따라왔어?
가릉이	제다한테 빚이 있거든.
골골이	무슨 빚? 핫도그 한 입?
가릉이	아니.
골골이	그럼 핫 바 한 입 얻어먹은 거?
가릉이	아니.
골골이	그럼?
제 다	골골아, 야옹아, 여기 길을 찾았어. 루돌프 코가 카이 발자국 냄새를 찾아냈어.
루돌프	발자국이 사라졌어. 허공으로 날아갔나? 얼음 밑으로 꺼졌나? 어쩌면 카이는 깊은 강물 얼음장 밑에 산다는 꼬르륵 마왕 뱃속으로 들어갔을 지도 몰라.
제 다	카이, 죽은 거야? 다시는 못 보는 거야? 카이! (울어버린다)
루돌프	아직은 실망하지 마. 내 코가 카이의 흔적을 찾아내고 말

거야. 캄캄한 밤중에도 내 코는 선물 받을 아이 냄새를 찾
아냈지.

가릉이　(노래) 루돌프 사슴 코는 매우 반짝이는 코!

루돌프　참! 나 다시 말하는데 나는 사슴이 아니라 순록이라고! 루
돌프 순록 코는 매우 반짝이는 코! 이래야 맞는 거야.

제 다　사슴이랑 순록이랑 다른 거야?

루돌프　음… 사슴은 이렇게까지 추우면 못 살지. 순록은, 음 순록
은 추운 데서도 끄떡없고, 얼음이끼 한입이면 천리를 달
리지. 아, 배고파, 먹을 거 없나? (앞발 뒷발로 땅 속을 뒤
진다. 돌덩이를 들어올린다. 이때 꽃씨, 굴러서 등장, 흥
부네 아이들처럼 흰 천을 뒤집어썼다. 구멍으로 고개를
들락날락 한다)

꽃 씨　제발 나를 먹지 말아줘. 나를 남겨줘.

제 다　넌 누구니?

꽃 씨　나? 꿈꾸는 꽃씨!

(마치 흥부네 아이들이 쓰고 나올법한 흰 천 이불 구멍으
로 꽃 모자를 쓴 꽃씨들, 두더지 잡기 게임을 하듯 들락날
락한다)

제 다	너희 혹시 카이 못 봤니?
꽃 씨	카이?
루돌프	똑 바로 말해. 제대로 말하지 않으면 너희를 꿀꺽 먹어버
	릴 테다. 땅 속으로 꺼졌나? 물속에서 녹았나? 제다 친구
	카이가 사라졌어. 너희들이 땅 속에 감췄다면 내가 다 찾
	아낼 거야. 너희들, 주머니를 열어봐.

(씨앗들, 주머니를 턴다. 주머니로부터 구슬, 지우개 등
아이들이 잃어버릴만한 물건들을 꺼낸다. 제다, 꽃삽을
발견한다)

제 다	내 잃어버린 꽃삽이야. 나빠, 너희들이 감췄구나!
꽃 씨	너무 빛깔이 예뻐서 그만…….
제 다	카이랑 모래장난을 했는데, 카이, 보고 싶어! 두껍아 뚜껍
	아 헌집 줄게 새 집 다오. 카이!
꽃 씨	제발 저희를 먹어버리지 말아요. 우린 아주 오랫동안 기
	다렸답니다.
골골이, 가릉이	나를? 우리를?
제 다	너희 정말 카이를 못 봤니?
가릉이	땅 속에서 카이를 못 봤어?
꽃 씨	어떤 아이인데?

루돌프	이마가 불덩이처럼 뜨겁고, 입술은 파래. 콜록콜록 기침을 하지.
꽃 씨	이마가 불덩이 같다고? 해바라기가 알까? 입술이 파랗다고? 펜지랑 제비꽃 뿌리가 알지도 몰라.
루돌프	똑바로 말해. 제대로 알려주지 않으면 내가 너희를 한 입에 먹어버릴 테다.
제 다	너희 땅 속에서 뭘 봤니? 땅 속에선 무슨 일이 일어나지?
꽃 씨	꼬물꼬물 지렁이가 한 입 한입 따뜻한 흙 이불을 덮어주죠. 포슬포슬 새 흙을 뿌리면 씨앗들은 꿈을 꿔요. 약속해줘요. 봄이 오면 맨 먼저 알려주겠다고. 작은 조리개로 물 한 동이 발밑에 뿌려주겠다고. 이 신발, 카이 건가요?
제 다	아니.
꽃 씨	이 호루라기는요? 카이 건가요?
제 다	아니.
꽃 씨	레고 블럭, 파란 장화, 카이 건가요?
제 다	아니, 아니.
제 다	카이! 카이! 어디 있는 거야? (울음을 터뜨린다)
꽃 씨	울먹울먹 댓동댓동 한번 구르면 겨울 잠 울먹울먹 댓동댓동 두 번 구르면 봄꿈

울먹울먹 댓동댓동 세 번 구르면 바로 그날이 올 거야.

(흰 천 아래로 씨앗들 다 사라진다. 눈밭처럼 흰 천만이 파리하게 남는다)

제 다   카이! 카이!

4. 여왕의 부엌

(여왕은 요리사 모자를 쓰고 앞치마를 두르고 있다)

눈의 여왕   오늘은 떡 시루를 내놓아라. 눈발을 결정할 체를 고운 눈
           금 성긴 눈금 크기대로 내놓고 눈 자루를 가져와 체를 쳐
           라. 자, 나처럼 해봐. 펄펄 눈이 옵니다. 하늘에서 눈이 옵니
           다. 하늘나라 눈의 여왕이 송이송이 하얀 꽃송이 자꾸
           자꾸 뿌려줄 테다! (노래, 부드럽게 시작해 기괴하게 끝맺
           는다) 카이, 넌 이걸 흔들어. 구멍이 성긴 체를 흔들면 와
           르르 우박이 떨어지지. 이 촘촘한 체를 흔들면 싸락눈이
           내리는 거다.

카 이   이건 언제 쓰나요?

눈의 여왕	그건 아주 오래 된 얼음 대패란다. 얼음벽에 대고 슥슥 삭삭 갈면 지상에는 치즈가루처럼 고운 눈발이 날리는 거지.
카 이	여왕님, 알고 싶어요. 여왕님 마음은 어떨 때 우박을 내리고, 어떨 때 고운 눈을 내리나요. …알고 싶어요.
눈의 여왕	건방진 녀석! 어서 일을 해! 시키는 대로 안 하면 비닐봉지 속에 너를 담아 콧구멍 똥구멍에 딸기잼을 채운 다음 딸기 맛 쭈쭈바로 얼려버릴 테다. 여기 천장에 거꾸로 매달아놓고 심심풀이로 핥아먹을 거야. 알겠나?
카 이	네……. (겁에 질린다)

5. 숲

(자작나무와 다래나무가 나란히 서서 싸우고 있다)

다래나무	자작나무야, 나 좀 기대게 해줘.
자작나무	귀찮아. 저리 가! 이 다래나무 누가 좀 데려갔으면.
다래나무	나 조금만!
자작나무	저리 가라니까. 내 멋진 모습이 가려진단 말이야.

(제다 일행 등장한다)

가릉이　　큰일 날 뻔 했어. 얼음이 꺼져 우리 모두 구멍으로 빨려

　　　　　들어갈 뻔 했어.

골골이　　나야 멋진 물갈퀴가 있지만 너희들은 아이고, 못 빠져나

　　　　　왔으면 꼬르륵 마왕이 다 잡아먹었을 거야.

가릉이　　생각만 해도 덜덜!

제 다　　루돌프는?

가릉이　　꼬르륵 마왕이 고개를 다신 못 내밀도록 얼음구멍을 막아

　　　　　두고 오겠대. 여기가 산타할아버지 썰매타고 지나는 길목

　　　　　이래.

제 다　　아이 추워. 발이 다 젖었어.

가릉이　　저 나무를 베다 불을 때자.

(나무에게 가릉이, 다가선다)

다래나무　아 안⋯녕하세요?

가릉이　　넌 참 내 발톱을 갈기에 아주 맞춤하게 생겼구나.

다래나무　여기, 제 옆구리를 내드릴 게요. 시원하게 박박 갈아보세요.

가릉이　　고마워. (발톱을 간다) 아참, 난 장작이 필요해서 왔는

　　　　　데⋯, 저기 미안하지만 너를 좀 베어서 땔감으로 써도

될까?

다래나무　저기요. 야옹님, 저보다는 얘가 더 불이 잘 붙어요.

자작나무　뭐야?

가릉이　안녕, 나무야. 너 참 멋진 나무구나.

자작나무　안녕할 리가 있나요? 당신이 나를 불타는 눈으로 바라보고 있는데!

가릉이　아, 미안!

다래나무　야옹님, 전 얼마 못 가요. 화르륵 타버리고 나면 금세 또 추워질 걸요, 얘가 불땀이 오래 가는 나무인 걸요. 이 나무 이름이 뭔지 아세요?

가릉이　너 이름이 뭐냐?

자작나무　자작나무…….

다래나무　자작자작 불에 잘 타서 자작나무라고 하지요.

자작나무　나쁜 다래나무! 야옹님, 제발 나를 베지 말아줘요. 지난달엔 눈의 여왕이 내 가지를 꺾어다가 젓가락을 다 만들어버린 걸요. 이제 겨우 등치만 남았답니다.

가릉이　그렇지만 난 너무 추운 걸! 장작이 꼭 필요해. 강을 건너는데 꼬르륵 마왕이 얼음장 밑에서 발을 잡아당겨 다 젖었거든. 난 따뜻한 데라면 엄청 밝히는 고양이란다.

다래나무　(약 올리듯) 자작자작 자작나무. 모닥불로 타올라도 자작, 아궁이 불로 타올라도 자작.

(이때 루돌프, 등장한다)

루돌프   어서 땔감을 구해야지 뭘 노닥거리고 있는 거야?

자작나무   루돌프님! 반가워요.

루돌프   너, 나를 아는구나.

자작나무   멋진 뿔을 갖고 있잖아요. 루돌프님은 해마다 이 앞을 지나시지요, 산타할아버지 썰매를 끌고!

루돌프   그래, 나 바로 썰매 끄는 순록 루돌프야.

자작나무   그렇다면 저를 이대로 남겨두는 편이 좋을 걸요! 루돌프님, 생각 안 나세요. 지난번에도 배고프다고 내 나무껍질을 벗겨먹고 힘을 냈잖아요.

루돌프   그래, 맞아. 먼 길 오느라 지쳤는데 네 껍질을 먹고 힘을 냈어. (사이) 이 나무는 그냥 두자.

(제다 일행, 나무들 가까이로 다가온다)

자작나무   아가씨, 작은 아가씨, 저 좀 지켜주세요. 나를 땔감으로 쓰지만 않는다면 눈밭을 쉬이 갈 수 있는 방법을 알려 줄게요.

제 다   그래? 나무야, 내 지팡이가 되어 줄래? 여긴 발이 푹 푹 빠져서 걷기 너무 힘들어.

자작나무	눈밭에서 지팡이는 아무 소용없어요. 나를 칭칭 감고 있는 이 다래나무로 신을 삼으면 아무리 깊은 눈 속이라도 잘 걸을 수가 있지요.
제 다	다래나무?
자작나무	설피라고 한답니다. 스노잉 슈즈!
다래나무	으앙!
제 다	다래나무야, 멋진 네 가지를 좀 내게 주겠니? 우리 신발이 되어줄래?
다래나무	아이고, 망했다!
루돌프	같이 눈신발을 만들자!

(일행은 다래나무 덩굴을 걷어 이리 꼬고 저리 꼬아 설피를 만든다. 루돌프가 대표로 나서 설피를 신어본다. 눈밭을 걷는 시늉을 한다. 그리고 잠시 암전되면 설피를 두 날개처럼 붙여 비행기를 표현한다. 날개 위 인형으로 축소된 등장인물들이 설피비행기를 타고 나른다. 또는 설피를 신은 루돌프 등에 올라탄 일행들로 그림자극처럼 표현할 수도 있겠다. 진눈깨비 몰아치자 설피, 휘청한다. 날개를 바로잡는다. 암전, 다시 조명 들어오면 어느 덧 제다 일행은 땅에 내려앉았다)

루돌프	눈이 다 그쳤어. 눈신발은 여기 감춰두고 가자. 자, 이제 갈림길이야. 얘들아, 우리 이제 헤어져야 해. 산타할아버지 마을은 저쪽이고, 눈의 여왕이 사는 성은 저쪽이란다. 지금부터는 너희끼리 가야 해. 갈 수 있지? (고글을 벗는다. 가릉이에게 고글을 건넨다) 너에게 이걸 줄게. 이제 니가 맨 앞에 서는 거야. 세찬 눈보라가 쳐도 끄떡없을 거야.
제 다	루돌프, 끝까지 같이 가자.
골골이	그래, 루돌프가 없으면 하나둘셋넷 사총사가 아니지.
루돌프	하나 둘 셋 삼총사도 멋져! 카이를 만나면 다시 하나 둘 셋 넷 사총사가 될 수 있을 거야. 난 내 고향으로 돌아갈래, 나 다시 산타 할아버지 선물 배달 일을 도울 거야. 작은 상자, 큰 상자, 목이 짧은 자루, 목 긴 자루! 나, 선물 배달하는 일이 제일 재미있었던 것 같아. 선물 배달하는 바로 그 일이, 산타할아버지가 내게 주신 선물이었던 것 같아.
가릉이	그래, 루돌프! 너랑 함께여서 재미있었어. 크리스마스에 보자. 내가 선물 준비해놓을 게.
루돌프	정말?
가릉이	고양이는 은혜를 갚을 줄 아는 동물이거든. 생쥐 한 마리 괜찮지? 고양이의 선물, 고양이의 보은!
루돌프	그래, 생쥐를 길들여서 썰매를 같이 끌자고 해야지.

제 다	루돌프, 그동안 고마웠어.
골골이	개구리밥이 환하게 떠있는 연못에 네가 끄는 수레가 비칠지도 몰라. 나, 자주 하늘을 올려볼게. 루돌프, 잘 가!
루돌프	착한 올챙이들한테도 선물 주러 갈게. 아기들 잘 낳아 잘 키워.
골골이	응! 꼭 개구리로 키울게.
서로에게	안녕, 안녕!

6. 수정동굴

(어항 속을 바라보고 있는 눈의 여왕)

눈의 여왕	지혜로운 연못아, 내게 보여주렴. 조그맣고 따뜻하고 말랑한 생명들아, 어디만큼 왔니? 이런! 내 나라에 결국 들어오고야 말았어! 똥장군! 어디 있느냐. 제대로 하는 일이 하나 없구나! 이번엔 새로운 덫을 놓아야지. 영원한 겨울잠에 들도록! 수정 올가미야, 수정 올가미야, 저 멀리 날아가서 작은 집이 되어라.
제 다	또 눈이 오네. 골골아, 가릉아, 루돌프도 없으니 길 안내

	를 누가 하지?
가릉이	내가 앞장 설 게. 멋진 고글이 있잖아.
골골이	목말라.
가릉이	(센 바람에 나가떨어진다) 으흐 추워.
제 다	여기서 한 밤 자고 가야 할 것 같아. 이렇게 센 눈보라 속에서는 카이의 발자국을 찾을 수 없어. 이 꽃삽으로도 길을 낼 수 없을 것 같아. 어? 아주 작은 집이다, 불빛이 따뜻해 보이는 걸! 여기서 한밤 쉬고 가자.

7. 작은 이글루

소 리	나그네들아, 나그네들아 한밤 쉬었다 가렴.
제 다	얼음집이 말을 해!
가릉이	들어가지 말자. 어쩐지 무덤같이 생겼어.

(공중에 걸려 있는 얼음조각들, 얼음 속엔 수박, 딸기 등등이 들었다)

모두 한마디씩	와, 수박이다. 딸기다. 바나나가 통째로 얼려있어. 맛있겠다!

(와삭와삭 먹는다)

가릉이   추워, 온 몸이 얼어붙는 것 같아.

(이때 어디선가 윙윙 파리 나는 소리)

골골이   앗, 파리다! 너, 따뜻한 곳에서 겨울을 나고 있는 거냐. 꿀꺽!

(골골이 이글루 안으로 뛰어든다)

가릉이   집 안은 따뜻할 것 같아…. (홀린 듯 따라 들어간다, 사이) 이상하네, 잠이 와. 제다, 제다 여기 들어오지 마…….

(골골이와 가릉이는 얼음집 안에서 잠에 든다. 제다만이 이글루 입구에서 고드름을 한 아름 따고 있다)

제 다   와, 이렇게 큰 고드름은 처음 봐. (작은 고드름 하나를 핥 는다) 앗, 얼음조각이 목구멍을 찔렀나? (침을 넘겨본다. 목구멍부터 가슴에 이르기까지 얼음바늘이 통과하는 것 을 느낀다) 따끔한 걸? 와, 이 고드름은 지팡이 같이 생겼 어. (가장 긴 고드름을 땅에 짚어본다) 꼬부랑 할머니가

244

꼬부랑 눈고개를 꼬부랑 지팡이로 꼬부랑 꼬부랑! (순간 제다, 할머니가 된다) 아이고, 왜 이렇게 맥이 없지? 너무 졸려…. (안락의자로 가 앉는다. 무릎담요를 덮는다. 제다, 이제 완연히 할머니가 되었다)

제 다   오늘 밤은 가슴이 따끔따끔해. 체했나?

(먼데서 바람 소리)

골골이   파리다, 파리야! (깨난다) 가릉아, 가릉아, 일어나 봐!
가릉이   으으 추워. (깨난다) 제다는? 제다는 어디 있지?
제 다   (발밑의 바구니를 끌어다가 뜨개질을 하기 시작한다) … 내가 누구였더라?
에코음   너는 세상에서 제일 행복한 신부!
제 다   그럼 그럼, 난 신부였어. 눈처럼 하얀 드레스를 입고, 환한 꽃다발을 든 신부! 그런데 신랑은 어디 간 거지? 땅속으로 꺼져버렸나, 물속에서 녹아버렸나. 자, 다 됐다. 하얀 레이스 면사포, 이번엔 예쁜 아기를 감쌀 강보를 떠 볼까. 먼 길 떠나는 아이가 신을 양말도 떠야지.
가릉이   제다! 나를 봐! (사이) 어떡해, 제다가 우릴 잊었어.
골골이   얼음바늘에 찔렸나봐. 겨울잠을 자고 있어. 제다는 긴 꿈

	을 꾸고 있어.
가릉이	왜 집을 떠나왔는지도 다 잊어버린 거야.
골골이	할머니! 할머니! 여기 좀 보세요.
제 다	누구냐, 이 추운 겨울에 웬 개구리냐? 스웨터를 떠 입혀 주랴?
골골이	할머니, 지금 연못이 펄펄 끓고 있어요. 뜨거운 연못을 옮기려면요, 냄비 집게가 필요해요. 얼른 냄비집게 좀 떠주세요.
제 다	그래, 그래! 떠 주지!
골골이	아이고, 제다가 할머니가 됐어.
가릉이	우리가 제다의 꿈속으로 들어가야 해.

(골골이와 가릉이, 제다에게 카이의 귀마개를 씌운다)

카이의 목소리	제다, 내 돌을 줄게. 지난여름 바닷가에서 주운 제일 예쁜 돌이야. 납작한 네 얼굴을 닮았어.
제 다	카이!
가릉이	제다, 정신 차려. 일어나봐.
골골이	겨울잠을 너무 오래 잤어.
가릉이	제다, 잠을 깨! 이건 다 꿈이야.
골골이	우린 계속 길을 가야 해.

제 다	넌 누구지?
가릉이	나, 가릉이야! 제다, 기억해봐. 첫서리 내린 날 넌 내가 추울 까봐 주머니 난로를 나한테 주고 갔잖아. 무지무지 추웠던 날, 나는 니가 두고 간 주머니 난로를 입에 물고, 내 아기들 배에 깔아주었단다. 제다, 네 덕분에 내 아기들이 추운 밤을 견딜 수 있었어.
제 다	아기들은? 아기고양이는 다 어디 갔어?
가릉이	다 자라서 뿔뿔이 흩어졌지.
제 다	제일 꼬맹이는?
가릉이	막내는 그 겨울을 못 넘겼어. …여기 내 가슴에 묻었단다.
제 다	아야, 여기가 따끔해!
가릉이	제다, 이젠 네가 내 아가야. 제다, 이리 온. 이젠 내가 지켜줄게. (제다를 안아준다)
제 다	아, 따뜻해… (사이) 방금 내 가슴 속에서 뭔가가 흘러갔어. 사라졌어.
골골이	얼음바늘이 녹은 거야!
제 다	가릉아, 골골아!
골골이	제다가 돌아왔다! 제다가 다시 아이가 되었어.
제 다	제다, 나는 제다! 난 제다야! 얘들아 저기 동쪽 하늘을 봐. 신비로운 빛이야. 눈의 여왕이 입은 옷자락 같아. 카이가 저 편에 있을 것만 같아. 우리 가보자.

8. 수정동굴 입구

눈의 여왕   (어항을 들여다보며) 아가들아, 여기까지 어떻게 온 거니,
용감하기도 하지. 북극성 맑은 별빛을 등대삼아 온 거니?
오로라에 홀려서 여기까지 온 거야? 에스키모인 들은 오
로라를 두고 여우꼬리라고 부르지. 누구라도 단박에 홀려
버리거든!

제 다   여기는 어디지? 온통 반짝거려. 수정동굴인가 봐. 눈의
여왕은? 카이는? 카이, 어딨니?

카 이   (담요를 쓰고 한쪽에 자고 있다. 잠꼬대를 한다. 동전을
손에 꼭 쥐었다) 제다, 오지 마. 오늘은 여왕님이 세상의
강물을 다 얼어붙게 하는 날이야. 작은 샘을 얼리고, 개울
을 얼리고, 강바닥의 숨구멍까지 얼릴 작정이야. 여기 오
면 안 돼!

눈의 여왕   꿈을 꾸었니? 울지 마라. 눈물이 네 예쁜 볼을 부르트게
할 거야. 슬픔이 심장을 꽁꽁 얼어붙게 할 거다. 눈 한 송
이가 내릴 동안 청소를 마쳐야 한다.

(카이의 머리카락을 쓰다듬는다)

카 이   여왕님 손이 뜨거워요. 이상해요. 분명 얼음같이 차가운

	데 왜 뜨겁게 느껴지죠?
눈의 여왕	가장 찬 것이 가장 뜨겁단다. 그것이 세상의 비밀… 자, 넌 네 일을 해라. 난 내일을 할 테니.
카 이	여왕님, 오늘은 어디로 가세요? 저를 혼자 두지 마세요.
눈의 여왕	난 내 왕국을 돌보아야 해. 오늘은 구세군 빨간 냄비에 동전을 넣으려는 아기의 손가락을 차갑게 해줄 테다. 다시는 동전을 꺼내기 싫도록. 성당에서 울리는 종소리를 얼려버릴 거야. 너무 추워서 아무도 못 나오게 할 거야. 주머니도, 지갑도, 마음도 다 닫아걸게 할 거야. 1004번 전화번호도 못 누를 만큼 사람들 손가락을 꽁꽁 얼려버릴테다. 난 질척거리는 게 싫어. 질척질척 진창길은 정말 싫어. 내가 사랑하는 것은 깨끗한 얼음심장! 내가 사랑하는 것은 차디 찬 겨울왕국! 카이야, 이리 오너라. 오늘은 오늘의 입맞춤!
카 이	추워요. 온몸이 얼어붙는 것 같아. 무언가가 또 빠져나갔어. 내가 잊어버린 것은 뭐지?
	("카이!" 제다의 카이를 부르는 소리, 아련히 들려왔다 사라진다)
카 이	동전이 따뜻하네…? (얼른 주머니에 감춘다)

카 이	(빗자루를 든다. 타령이라도 하듯) 저 눈은 구름 이불을 털면 나오는 먼지, 저 눈은 구름의 살비듬, 저 눈은 매 맞는 구름, 저 눈은 하늘 냉동실에서 성에가 떨어져 내린 자국, 저 눈은 여왕님 떡시루에서 펄펄 날리는 떡 가루! … 눈 한 송이가 내리는 동안? …얼마나 걸리지? 눈 한 송이가 녹는 동안은 얼마나 되는 걸까? 여기서는 눈 한 송이가 내리는 동안이 영원인 것만 같아. 눈 한 송이가 녹는 동안……. (한숨)
동장군	카이, 멍 때리지 마! 일을 해라 일을 해. 자, 간식 받아! 함박눈을 뭉쳐서 싸래기 눈에 굴려서 진눈깨비로 반죽을 해서 봄볕 오븐에 넣으면! 구름 빵? 헤헷 뻥이야! 고작 진흙 빵이나 될까 원! 봄은 지저분해 싫어, 그렇지 않니? 겨울이야말로 제일 깨끗하지. 저런, 아장아장 어린 손님들이 이곳으로 오고 있네. (손 전화를 건다) 여왕님! 지혜의 거울을 들여다보세요. 애송이들이 오고 있어요.
눈의 여왕	알고 있다. 똥장군, 넌 눈을 더 뿌려라. 고양이 똥, 개구리 똥, 꼬질꼬질 아이 발자국, 맘모스 방구… 더러운 건 다 눈으로 가려야지. 내 연못가를 장식할 얼음조각이 될 것들이 제 발로 걸어 들어오고 있구나. 새로 정원을 꾸며야지. 연못가를 치워라. 새 조각들로 꾸며보자. 고양이 한 마리, 개구리 한 마리, 작은 여자 애 하나!

동장군	이미 서있는 조각들은 어쩌고요.
눈의 여왕	다 부숴서 연못 안으로 밀어 넣어 버려! 얼음구멍 속에 사는 꼬르륵 마왕을 초대해서 와삭와삭 한입에 먹어치우게 할 거야.

9. 연못 정원

제 다	여긴 어디지?
동장군	자, 암호를 대라. 여왕님 정원에 들어가려면 암호를 대야 해.
제 다	암호?
골골이	(얼른 종이 조각을 꺼낸다) 누에 누이 드어가니 누물잉가 눙물인가. (입이 얼어 정확하게 말하지 못한다)
가릉이	(얼른 가로채 읽는다) 눈에 눈이 들어가니 눈물인가 눈물인가.
제 다	눈에 눈이 들어가니 눈물인가 눈물인가.
	(골골이, 갈퀴 손을 비벼 입에 호 댄다. 입이 조금 풀린다)
골골이	눈에 눈이 들어가니 눈물인가 눈물인가.
동장군	통과! 여왕님의 계곡에 들어서면 외나무다리가 나올 거

야. 다리를 건너 오른 쪽으로 꺾어 돌아라. 거기 여왕님의 부엌이 나올 거야. 작은 아이 하나가 얼음 아궁이에 불을 때고 있을 거야, 콜록 콜록 기침을 할 거야.

제 다   카이에요, 카이!

동장군   그래, 한때는 카이였겠지. 그러나 지금은 꽝꽝 언 얼음머리, 바보가 되었단다. 영원히 불이 붙지 않는 아궁이인데도 그 아이는 그걸 몰라. 참, 너희들 그 다리를 건널 때 절대 뒤 돌아보면 안 된다! 명심해!

(제다 일행, 앞으로 나간다. 강풍을 헤치고 나가는 마임)

가릉이   제다, 이 계곡에선 절대 뒤돌아보지 마! 절대 돌아봐선 안 돼.

제 다   카이가 울고 있어. 카이 목소리가 들려.

(어디선가 아기 고양이가 우는 소리가 들려온다)

가릉이   제다, 귀를 막아!

(제다는 카이의 귀마개를 쓴다)

252

카 이   제다 나 혼자 두고 가지마.

제 다   카이! 내가 잘못했어.

가릉이   제다 돌아보지 마.

카 이   제다, 날 혼자 두지 마.

(점심시간을 알리는 벨소리, 환청으로 들린다)

제 다   카이, 오늘 점심엔 제발 당근 넣은 카레가 아니라면 좋겠
           다. 그치?

카 이   제다, 내가 대신 먹어줄게!

제 다   미안해 카이, 내가 잘못했어. 널 혼자 뒀어.

골골이   (필사적으로 갈퀴손으로 귀를 막는다) 제다 앞만 봐. 어
           제의 잘못은 어제 본 연못이야. 어제 본 연못에선 오늘은
           놀 수가 없잖아? 오늘의 잘못은 오늘 만난 연못이지. 그
           러니까 오늘 한 잘못들을 참방참방 다 씻어내면 돼. 내일
           의 잘못을 만나면 어쩌냐고? 미리 걱정하지 말자. 내일의
           잘못엔 내일이 잠들어 있을 뿐이니까. 제다, 그러니까 넌
           잘못이 없는 거야.

가릉이   골골아, 정신 차려.

제 다   카이, 난 나쁜 아이야. 카이! 혼자 있게 해서 미안해!

(제다, 뒤돌아본다. 순간 얼음이 된다)

가룽이 제다! (제다의 눈을 가리려는 순간 가룽이의 손이 얼음이
된 제다에게 쩍 붙고 만다. 여왕의 웃음소리 사방에서 울
린다. 바람 소리 거세진다. 눈을 뜰 수가 없다. 골골이와
가룽이 얼음이 된 듯 숨을 죽인다)

동장군 바보들! 돌아봐선 안 된다니까. 여왕님의 나라에 들어온
모든 생명들은 다 얼음이 되었지. 얼음이 녹아 물이 되는
가, 물이 얼어 얼음이 되는가. 생명이 굳어 조각이 되는
가, 조각이 움직여 생명이 되는가. 눈의 여왕 정원 연못가
엔 그대로 얼어붙은 사람들, 동물들이 빼곡해. 바보같이
다들 뒤를 돌아본 거야. 너희도 이제 겨울 왕국의 분수대
를 장식할 얼음조각이 되는 거야.

(동장군, 제다를 두드리자 맑은 소리 울린다)

눈의 여왕 조그맣고, 따뜻하고 말랑한 생명들아. 이제 딱딱한 얼음
심장을 갖게 되었으니 내 왕국에서 영원히 살자. 동장군,
바퀴 달린 수레를 가져와. 이 얼음조각들을 날라야지.

동장군 카이, 수레를 대령해.

(카이, 바닥만 있는 운반차를 끌고 온다. 얼음조각이 되어
버린 제다와 일행을 싣는다)

골골이   카이? (골골이, 카이의 코 앞을 막아선다)
골골이   카이! 나야. 얘는 제다라고! 아, 못 알아보는 거냐. 올챙이
         적에 만났으니 알아볼 수가 없겠지. 어쩌지?

         (골골이는 안타깝게 제다를 본다. 골골이 혀를 내밀어 제
         다의 손가락 끝을 핥는다. 손끝이 따뜻해진다. 손끝 형광
         펜으로 칠한 제다의 손이 나타난다, 카이는 손끝을 본다)

카 이   오렌지 색? (자기 손끝을 본다. 그리고 다시 제다 손끝을
         본다) 제다? 제다 맞구나! 제다가 제일 좋아하는 빛깔이
         야. 제다가 제일 좋아하는 오렌지 색 반짝이 펜!

         (카이, 기억이 돌아온다)

눈의 여왕 카이, 서둘러라. 동장군, 서둘러! 첫눈처럼 신선하고 수정
         처럼 맑은 조각들로 연못가를 장식하자!
카 이   어쩌지? (속삭이듯) 제다, 눈을 떠! 땡! 땡! 얼음 땡! 깨나
         지를 않아. 제다를 깨워야 해. 녹일 방법을 생각해보자.

	성냥개비 한 개, 부싯돌 하나 없네? 어떻게 녹이지?
눈의 여왕	조각들이 그새 더러워졌어. 몽땅 연못 속으로 밀어 넣어! (사이, 골골이를 보고는) 어? 이 개구리 봐라. 아주 생생한 걸! 볼이 불룩해, 파리를 물고 있는 건가? 오, 노란 고양이! 입가에 검은 점이 있는 걸? 짜장 점? (자신의 농담이 마음에 들어 웃는다) 응? 따뜻하네. 아직 말랑말랑해.
골골이	(펄쩍 뛰어오르며) 카이! 나야, 나. 작은 올챙이! 지난봄에 네가 나를 잡았다가 연못에 도로 놓아줬잖아. 덕분에 난 자라서 개구리가 되었어.
눈의 여왕	이 끈적끈적한 개구리는 또 뭐야? 으악! 왜 넌 얼지 않은 거냐? 동장군, 동장군! 이 개구리를 잡아!
골골이	카이, 이번엔 내가 너를 구해줄게. (펄쩍 뛰어 갈퀴손으로 여왕의 빰을 때린다) 에잇!

(이때 '일력-달력의 일종'이 공중에 날린다. 개구리 그림과 함께 경칩이 표시되어 있다. 먼데서 빙산 녹는 소리, 얼음장 갈라지는 소리)

동장군	으악, 여왕님 봄이 왔어요. 얼음 땡 봄! 개구리도 깨어난다는 경칩입니다.
눈의 여왕	아아, 내 왕국이 녹고 있어. 진흙 발자국 좀 봐. 오오, 내

완벽하게 깨끗한 겨울 나라가 더럽혀지고 있어. 북풍아, 휘파람을 불어라. 북풍아 다시 한 번 세게 휘파람을 불어다오!

카 이 제다, 제발 제다! (장화를 벗어 제다의 발에 신기고, 벙어리장갑을 제다 손에 끼운다)

가릉이 제다를 깨우려면 빛과 열이 필요해. 내게 맡겨! 내겐 화등잔만한 두 눈이 있어. 날카로운 이빨도 있지. 고양이님의 발톱과 이빨은 핫바랑 소시지나 먹으라고 있는 게 아니야.

(고글 알을 빼 돋보기 삼아 눈빛을 모은다. 눈빛은 렌즈를 투과해 점이 된다. 점이 열기가 되고 제다의 심장을 뚫는다)

가릉이, 카이 제다, 땅! 얼음 땅!

(제다, 깨어난다. 이때 개구리, 다시 한 번 여왕의 뺨을 올려붙인다. 그 서슬에 눈의 여왕이 쓰고 있던 망토와 베일, 흘러내린다)

눈의 여왕 내 얼음조각들이 다 녹아버렸어. 오오 내 지혜의 연못에서 비린내가 나는 것 같아. 내 정원이 아이스크림처럼 녹

아내리고 있어. 아아, 이러다간 나마저 녹아 없어질 지경
이야. (베일을 두고 달아난다)

제 다   카이, 이제 집으로 가자. 네 귀마개를 가져왔어. 이건 네
　　　　가 가장 좋아하는 장갑!

카 이   네가 준 동전, 아직도 있어. (주머니에서 동전을 꺼내 보
　　　　인다)

제 다   (끄덕인다) 우리 가는 길에 까마귀가 있는 뽑기 가게에
　　　　들르자. 미끌 절벽을 타고, 북풍을 물리치고, 눈벌판에서
　　　　눈이 부시면 이 고글을 쓰자.

제 다   눈에 눈이 녹으면 눈물인가 눈물인가.

카 이   눈에 눈이 녹으면 눈물인가 눈물인가. (따라한다)

함 께   (운을 맞춰서) 눈에 눈이 녹으면 눈물인가 눈물인가. (웃
　　　　는다)

카 이   제다, 눈이 와…….

가룽이   이 눈은 봄눈이야. 꽃잎을 감추고 있어.

(눈이 꽃잎처럼 내린다)

노 래   겨울눈은 잠드는 눈 봄눈은 잠깨는 눈
　　　　사락사락 눈 걷히면 아가야 솜이불 걷고 봄소풍 가자

카 이	곧 봄이 오겠다.
제 다	카이, 봄이 오면 우리 뭐할까?
함 께	눈꽃빙수 먹으러 가자.
제 다	카이 한 입
카 이	제다 한 입
함 께	사각사각 우유 얼음, 팥알팥알 단팥 수북, 망고망고 노란 망고, 말랑말랑 오색 젤리, 맛있겠다!
가릉이	친구랑 함께 먹는 눈꽃 빙수는 더 맛있어.
골골이	봄이 오면 우리 눈꽃빙수 먹으러 가자.

에필로그

골골이와 가릉이의 노래

동장군님 솜이불에서 개구리가 높이 뛰면

봄 먼지 팔짝 동장군님 에춰, 봄이 온다네.

마른 덤불에서 야옹, 생쥐를 좇아가면

봄볕이 콧수염을 간질, 봄이 온다네.

루돌프	애들아, 내 코에 다시 불이 들어왔어. (코끝 불이 반짝 반짝) 재미있는 생각을 많이 했거든! 내 친구들은 저 언덕

너머에서 이끼 한입 우물거리며 나를 기다리고 있고, 산타할아버지 창고엔 선물이 가득! 오늘은 친구들이랑 뭐 하고 놀까? 안녕! 잘 가! 안녕, 제다! 안녕, 카이! 안녕! 친구들아, 크리스마스 때 찾아갈게. (베일을 머리에 쓰고 한 바퀴 돈다) 참, 눈의 여왕은 이제 혼자가 아니래. 심심하지 않대. 눈의 여왕은 외로우면 사진첩을 열어본대.

(눈의 여왕은 사다리 끝에 앉아 있다. 하얀 드레스 자락이 삼각텐트처럼 펼쳐져 있어 여왕의 상체는 공중에 들린 것 같다. 여왕은 레이스를 한 잎 한 잎 펼쳐 허공을 장식한다. 눈 입자 같은 레이스가 크리스마스 장식처럼 반짝인다. 드레스 자락은 꼭 눈 언덕처럼 보인다. 펼친 드레스 자락에 미니어처 마을이 솟으면, 옷자락은 지금까지 등장한 인물들을 축소해 만든 인형들의 놀이터가 될 수도 있겠다)

여왕의 노래   나는야 눈의 여왕
겨울이 오면 아이들은 내 옷자락에서 썰매를 타지
내 주머니 속에선 수선화 한 송이, 봄꿈을 꾸네
(동장군, 주머니 속에 넣어두었던 구근을 꺼내면 마법처럼 수선화 꽃 한 송이가 손끝에서 피어오른다)

나는 수정 같은 얼음 왕관을 쓰고, 오로라 불빛으로 화장
을 하지

여왕, 동장군   눈의 여왕이 눈꽃 잔치를 여는 동안

자장자장 아가야 봄꿈을 꾸어라

이 잔치가 끝나면 아장아장 봄 마중가거라

(눈의 여왕에게 남겨진 사진첩, 한 장 한 장 넘어간다. 앞
선 장면들 중 재미있는 장면들 활인화, 눈의 여왕은 미소
짓는다)

골골이, 가릉이   눈의 여왕도 이젠 조금은 덜 심심하겠지? 애들아, 모두

안녕!

노 래   사각사각 우유얼음 팥알팥알 단팥 수북

망고망고 노란망고 말랑말랑 오색 젤리

친구랑 함께 먹는 눈꽃 빙수는 더 맛있어

('눈꽃빙수' 노래로 엔딩 음악을 대신하면서 막 내린다)

-막-

12월의 호두까기인형

호프만의 동화 『호두까기 인형』을 재창작

때	현대, 비오는 크리스마스 이브날 밤
곳	교외의 케이크 만드는 작업장

등장인물 (1막)

· 말희	일곱 살, 겁 많은 떼쟁이
· 장수	열세 살, 매사 반항적 한편으로는 현실적
· 엄마	생활에 지쳐있고, 천식을 앓고 있다.
· 아빠	지나치게 낙천적인 성격
· 한철	스무 살, 제빵 조수, 선량하고 싱겁다.
· 영아	열아홉 살, 제빵 조수, 공주병이 있는 아가씨
· 이모	서른 셋, 괴짜면서 씩씩하다.
· 큰아버지	괴팍하고 심술궂다.

등장인물 (2막)

· 말희

· 호두까기인형   한철 역

· 생쥐대왕   큰아버지 역

· 생쥐대왕의 하수인 1, 2, 3   엄마, 이모, 장수 역

· 플라스틱 크리스마스 트리   아빠 역

· 발레리나 인형   영아 역

1막

어둠 속 은은한 빗소리. 사이, "간지러워." 하는 한철의 목소리와 "어느 손가락이게?" 하는 조수 영아의 목소리, 까르르 넘어가는 웃음소리 등이 섞여 들린다.

무대 밝아오면 제빵 작업장의 모습 드러난다. 죽 늘어놓은 작업대엔 이미 흰 천이 덮여져있다. 한눈에 작업장이 곧 철수하리라는 것을 알 수 있다. 그럼에도 불구하고 한 쪽엔 크리스마스 시즌을 의식한 듯 장식들이 드문드문 눈에 띈다. 다 낡은 플라스틱 트리, 붉은 포인세티아 꽃잎이 떨어져나간 벽걸이용 리스, 반짝 반짝 꼬마전구 전선줄⋯⋯.

작업대를 덮은 천 밑에선 두 연인이 장난질에 열심이다. 그 와중에 탁자보가 좌우로 당겨지고, 벗겨진다. 작업대 아래 한철과 영아가 쪼그려 앉아 있는 모습 확연히 드러난다. 엄마와 아빠가 등장하면서부터 두 연인은 자신들의 모습을 들키지 않으려고 안간힘을 쓸 것이다.

아빠는 공구(타카)를 들고 들어와 오븐 등 제빵 기계들의 모서리를 싸고 있는 박스들의 포장작업을 마무리하기 시작한다. 엄마는 계량컵이며 빵 만드는 자잘한 도구들을 신문에 싸고 있다. 둘 사이엔 어색한 침묵이 흐른다. 탁 탁, 타카 소리와 테이핑하는 소리만이 빗소리와 박자를 맞추어 리듬감 있게 울린다.

(아빠, 엄마 눈치를 슬쩍 보더니 주머니에서 반지를 꺼내 구석에 굴러다니던 보석함에 넣는다. 보석함은 오르골인 듯 음악 소리를 흘리지만 아빠는 엄마 귀에 음악소리가 안 들리게 하려는 듯 일부러 타카 소리를 요란하게 낸다. 사이)

아 빠   여보! 찾았어. 당신 보석상자. 여기 굴러다니고 있었네! 말희가 갖고 논 모양이지?

엄 마   …버려요.

아 빠   왜? …(옷 앞섶으로 뚜껑을 정성껏 문질러 닦으며) 우리 들 추억이 담겨있는 거잖아.

엄 마   버리라니까요.

아 빠   (어정쩡 내민 손을 거두지 못하고) 당신, 빵 반죽할 때면 결혼반지를 빼서 꼭 여기에 담아두곤 했잖아. (떠보듯) 시내 황금당이라고 했나? 내가 반지, 꼭 찾아줄게. (받으 라는 듯 채근한다) 반지 찾으면 이게 또 필요하잖아.

엄 마	관 둬요. (보석상자를 빼앗아 쓰레기통 속에 처박는다) …다 끝났어.

(엄마, 한철과 영아가 숨어있는 테이블 쪽으로 다가간다. 한철과 영아, 얼른 천을 바닥까지 내린다. 엄마, 문득 케이크를 담는 종이 박스들이 눈에 들어온다. 케이크 박스들을 접으면서 한숨)

엄 마	(혼자말로) 이걸 다 어쩌지?
아 빠	할 수 없잖아. 강변 카페들도 다 철수했어.
엄 마	(이것저것 쑤석거려보고는) 하나도 건질 게 없네!
아 빠	(상처받았다. 담배를 피워 물며) …왜? 나까지 끼워 폐지 처분 해버리면 되잖아?

(담배를 비벼 끈다. 담배 곽을 구겨 버리는 척하다가 쓰레기통에서 보석상자를 주워 주머니에 얼른 숨겨 넣는다. 그리고는 엄마 쪽으로 다가가 케이크 상자들을 모아 묶기 시작한다. 엄마는 아빠를 피해 작업용 씽크대 쪽으로 움직인다)

아 빠	…차를 시키면 케이크 한 조각을 서비스로 주던 시절이

268

좋았지. 싼값에 대주긴 했었지만 오븐을 놀리진 않았으니까.

엄 마   다 끝났어. 다 상해버렸어. 우리들 꿈…, 오래된 생크림처럼.

(보울에 담겨있던 굳은 생크림을 주걱으로 긁어 쓰레기통에 버린다)

아 빠   여보, 이년만 기다려 줘. 이년만!

엄 마   ……….

아 빠   그동안 다시 재기할게! 중국이라면 케이크 만드는 기술이 더 대접받을지도 몰라. 애들을 그리 위한다잖아. 소황제 섬기듯 한대. 애들 좋아하는 잔치도 자주 할 거야. 안되면 월병 만드는 기술이라도 배워오지 뭐. 이년만 기회를 줘. 이년만!

엄 마   우리 애들은? 애들은 그동안 길바닥에 나앉고? (기침을 심하게 한다)

아 빠   형님 댁에서 맡아줄 거야. 내 중국 가더라도 어떻게든 당신 약값은 벌게 응? 당신은 건강 걱정이나 하라구! (엄마의 등을 쳐준다)

엄 마   (기침을 진정시키고) 애들 크리스마스 선물은 준비했어요?

아 빠   응?

엄 마	시내에서 사오겠다고 했잖아요.
아 빠	아차! 거래처 사람들이랑 작별인사 차, 한 잔 하느라고 그만……
엄 마	애들이 얼마나 크리스마스를 기다리는지 알면서… 이런 당신을 내가 어떻게 믿어요? 내 이럴 줄 알았어!
아 빠	그만 좀 해! 나도 잘 해보고 싶었어. 당신 알잖아. 내 꿈! 여기 작업장을 열 땐 내게 꿈이 있었어. 동화 속 같은 과자 집 짓고, 당신과 애들이랑 오순도순 잘 살아보고 싶었어.
엄 마	과자 집? …당신은 날 과자집처럼 뜯어먹고 살았어… 다 끝났어!

(장갑을 벗는다. 뛰쳐나가려는 찰라 문 열리면서 잠옷 차림의 말희가 등장한다)

말 희	엄마!
엄 마	왜 안 자고 나왔어? (얼른 눈자위를 훔친다)
말 희	으응? 비 오네? (벽에 걸어놓은 양말을 들여다본다. 비었다) 비 오는데, 산타할아버지가 오실까?
아 빠	오시지! 그럼, 오시구말구! 빗길에 미끄러워서 늦으시나 보다.

*노래-제목: 산타할아버지 기다려요.

말 희   산타할아버지 기다려요. 오늘밤은 잠도 안 자고 기다려요.

            잠이 든 척 눈감지만 마음은 콩콩 두근거려요.

            멀리서도 들리시죠? 제 마음 둥둥 북처럼 울리니까요.

            (창 밖을 간절히 내다본다)

            산타할아버지 기다려요. 오늘밤은 꿈도 안 꾸고 기다려요.

            잠 든 척 눈 감지만 마음은 훤한 대낮이에요.

            멀리서도 보이시죠? 제 마음 하얀 눈길 같으니까요.

아 빠   어쩌지? 남은 케이크가 있을까?

            (오븐 속 이 칸 저 칸을 뒤진다. 탁자 밑에 숨은 한철은 작
            은 케이크상자 하나를 발로 슬슬 밀어낸다. 영아, 얼른 상
            자를 당겨 탁자보 아래 감춘다. 영아, 한철의 팔을 꼬집는
            다. 한철 소리를 지르려하자 영아, 입을 틀어막는다.
            장수 등장, 조립한 프라모델 로봇을 손에 들었다)

장 수   바보야, 산타 안 와! 이렇게 후진 동네에 산타가 왜 오냐?

            저기 아파트 창들 보이지? 저 애들만 챙겨도 얼마나 바쁠

텐데 산타가 여기까지 오겠냐?

아 빠   장수야!

말 희   산타할아버지 와!

장 수   (반항적으로) 안 와!

말 희   와! 아빠, 산타할아버지 선물 갖고 오시지? 그치?

아 빠   그그럼!

            (빗소리 거세진다)

엄 마   오늘밤은 못 오실지도 모르겠다. 비 오면 소풍 못 가지?

            산타할아버지도 마찬가지 아닐까?

장 수   좍 좍 쏟아져라! 눈 오는 크리스마스는 신나기라도 하지,

            흥! 비오는 크리스마스엔 뭘 하며 지내지? 이깟 거나 색

            칠하면서? 한심해! (로봇을 구석으로 던진다)

엄 마   곧 중학교 갈텐데 공부나 해!

*노래- 제목: 비 오는 크리스마스엔

장 수   (조롱조이므로 곡이 밝다)

            비 오는 크리스마스엔 무얼 하지?

            걸어둔 양말엔 먼지뿐! 선물상자는 텅 비었네.

            다 쓰러져 가는 저 플라스틱 트리,

불빛조차 힘겹게 깜박거리고,

과자는 눅눅하고,

산타할아버지 썰매는 녹이 슬어

아무도 찾지 않는 밤

비 오는 크리스마스엔 무얼 하지?

한 철   (작은 소리로 가늘게) 파-티 하지!

(영아, 입을 막으려 하지만 이미 늦었다)

장 수   !!! (소리나는 테이블 쪽으로 다가가서 천을 휙 젖히자 마
술상자에서라도 튀어나오듯 한철, 모습을 드러낸다)

한 철   비오는 크리스마스엔 파티를!

말 희   한철이 삼촌! (반가워서 매달린다)

아 빠   뭐 뭐야? 왜 집에 안 갔어?

한 철   파티하려구요. (케이크를 들어보이고는 숨어있던 영아를
끌어낸다)

말 희   와-! 영아 언니!

아 빠   여보, 비옷 어딨지? 이 녀석들 집에 데려다 주고 와야겠
어. 가만! 영아는 내 오토바이 뒤에 타면 되고, 한철이 자
넨 걸어가게. 큰길까지 나가서 택시를 잡아.

한 철   사장님! (단호히) 저희는 이번 크리스마스를 함께 지낼

계획입니다.

아 빠　　　　함께?

한 철　　　　예, 이 작업장에서 보내는 마지막 크리스마스 아닙니까?
　　　　　　팔 개월을 한 솥밥에 밀가루 먼지를 같이 마신 사이! 추억
　　　　　　을 남기고 싶습니다.

말 희　　　　아빠, 파티하자. 파티! 케이크에 촛불 붙이고 파티하자!

장 수　　　　달랑 케이크 하나 놓고 파티? 무슨 파티가 그래?

영 아　　　　여기! (숨겨놓은 봉지를 꺼낸다. 음료수, 맥주 캔, 과자봉
　　　　　　지, 폭죽, 고깔모자 등이 나온다)

한 철　　　　요것도 있지! (오븐 안쪽에서 생강과자가 가득 담긴 쟁반
　　　　　　을 꺼낸다) 크리스마스 트리를 장식하려고 남겨둔 거야.

　　　　　　(아빠가 허락하지 않을까봐 눈치를 보면서 호들갑 떤다.
　　　　　　영아와 한철,생강과자를 트리에 걸며 노래)

*영아와 한철의 노래- 제목: 생강과자 안에는 생강이?

　　　　　　생강과자 안에는 생강이?

　　　　　　생강과자 안에는 생강이 없네. 붕어빵에 붕어가 없듯.

　　　　　　붕어빵은 붕어를 닮아서 붕어빵!

　　　　　　생강과자는 생강을 닮아서 생강과자!

　　　　　　산타할아버지, 선물자루가 텅 비면은요

우리들이 걸어둔 생강과자를 따가세요.

선물 못 받고 울다 잠든 아이 머리맡

생강과자 아이를 놓아두면요,

꿈속에서 친구 되어 뛰어 놀지요.

한 철   자, 우리 산타할아버지께 선물을 바라지만 말고, 우리도
       선물을 드리는 게 어때? 생강과자 인형을 잔뜩 만들어 자
       루 가득 넣어드리는 거야. 자, 시작-

       (영아와 한철, 입을 헤 벌리고 보고 있는 말희를 끌어다
       작업대 위에 눕히고, 생강과자 만드는 과정을 신나는 노
       래와 춤으로 보여준다)

*한철과 영아의 노래-제목: 생강과자 함께 만들어봐요

       쓰윽 싸악 가루를 반죽해요!

       다음엔 밀방망이로 쫘악 펴세요!

       동글한 몸통에 작은 팔 붙이고요

       짧은 다리 빚어서 붙인답니다.

       웃는 입, 귀여운 눈망울은 어떻게 만드나요?

       달콤한 건포도 몇 알이면 쓱싹-

       하느님도 우리를 만들 때 요렇게 하셨답니다.

한 철   자 생강과자 아이 완성!

(노래하는 동안 말희는 생강과자 아이 분장을 끝낸다. 의
상과 분장은 빵 만들 때 입는 작업복과 노끈, 오레오 쿠키
등을 이용하면 좋겠다. 생강과자 만들기 시연이 끝나면,
생강과자 꼴이 된 말희를 장수가 놀린다)

장 수   (천천히 노래조로 시작해 점차 고조된다) 넌 우리 집 오
븐에서 나온 생강과자 아이야-. 어느 날 밤, 엄마 아빠랑
모두 모여서 반죽을 했단다.

(장수의 손짓에 한철과 영아는 말희를 번쩍 들어 작업대
위에 큰 대자로 눕힌다)

*장수의 노래- 제목: 넌 생강과자 아이야.

넌 생강과자 아이야. (그렇죠?)

(아빠가 가세한다)

아 빠   (저음으로) 그럼! 밀방망이로 얇게 밀어 널 만들었지.

까만 건포도는 눈망울이 되고,

(엄마도 가세한다)

엄 마   빨간 체리는 입술이 되었지.

276

(모두 함께 신나게)

노 래   넌 우리집 오븐에서 나온 생강과자 아이야.

한눈 팔면 새앙쥐가 한 입에 꿀꺽!

한눈 팔면 생쥐대왕님 한입에 얌냠!

아 빠   잘 보려므나, 네 배꼽자리를!

엄 마   어머, 누가 빼먹었을까?

장 수   배꼽에 박힌 건포도 한 알!

(말희, 돌아서서 자기 배꼽을 들여다본다. 아앙 운다)

모 두   (더욱 빠르게 노래 반복) 너는 우리집 오븐에서 나온 생

강과자 아이야……

말 희   아앙!

(이때 탕탕, 노크 소리 들린다. 모두들 쉬잇!)

소 리   쿵쿵!

(문을 열자 대형 박스 하나, 문 앞에 서있다. 대형박스 슬

슬 밀며 쳐들어온다)

한 철   박스 귀신도 있나?

(영아, 무서운 시늉하며 한철 품에 안긴다. 그러자 샘이라도 난 듯 말희 역시 한철의 품으로 달려든다. 장수는 용감하게 다가간다. 요리 조리 피하는 박스)

말 희 (문득 박수를 치며) 산타클로스야! 산타클로스! 우산이 없어서 상자를 쓰고 나타나셨죠?

장 수 무슨 산타가 냉장고 박스를 뒤집어쓰고 와?

한 철 야, 야 산타가 추운 나라에 사는 분 아니냐?

(아빠, 박스 곁으로 다가가자 박스는 스스로를 열어 내용물을 공개하는데 선물상자처럼 묶은 리본이 양방향으로 흘러내린다. 이모, "짠!" 하며 산타클로스 복장을 어설피 갖춰 입은 이모 모습 나타난다)

이 모 짜잔! 지구를 한 바퀴 돌아서 선물 도착이요-

거의 동시에 이모! 처제! 영숙아!

이 모 (우스꽝스럽게 무도회에라도 초청받은 듯 인사한다) 안녕하셨나이까? 귀여운 내 조카님들이시여. 크리스마스를 함께 지내기 위해 먼 곳에서 화살과 같이 달려왔나이다. 크리스마스는 가족과 함께! (둘러맨 자루를 쿵 내려놓는다)

아 빠 언제 왔어?

이 모	언니한테 못 들었어요? 이번에 들어오겠다고 했는데!
아 빠	아주 온 거야?
이 모	너른 세상 주유하면서 많이 배웠죠!
장 수	이모, 선물!
이 모	선물? 이 녀석이 보자마자! 자, 두 녀석 다 요기 뺨에 뽀뽀 해봐! 마법이 풀려야 선물 자루도 풀리지! (장수, 얼른 뽀뽀하는 시늉)
이 모	어쭈, 제법 꺼끌한대? (말희도 매달려 뽀뽀한다)
이 모	말희는 여전히 젖내가 폴폴 나는구나.
말 희	(발끈하며 발돋움) 나, 많이 컸어!
장 수	외국에서 왔으니 선물도 근사하겠지? (기대에 차서 자루 를 연다. 동시에) 애개-
이 모	왜? 어때서?
말 희	뭐야, 뭐야?
이 모	(자랑스럽게) 맛보다 보면 도깨비도 방망이를 놓고 갈 세 상에서 제일 고소한-
말 희	(실망스럽다는 듯) 이게 뭐야?
이 모	호두알이요!
장 수	시시해! 이딴 게 뭐 선물이야.
이 모	애는! 요게 말야 아빠 손에 가면 둘이 먹다가 둘 다 녹아

죽을 호두파이랑, 고소한 호두과자가 된단 말이지. 형부, 오랜만에 솜씨 좀 부려봐요.

아 빠   어쩌지? 보시다시피 다 거뒀어.

장 수   쳇! 가난한 집엔 가난한 산타클로스만 와!

이 모   얘가 뭐래는 거야?

아 빠   신경 쓰지 마!

장 수   난 이 따위 크리스마스 정말 싫어!

아 빠   사과해! 얼른! 이모한테 미안하다고 해!

이 모   (황급히) 장수야, 진짜 선물은 요거야! (숨겨둔 호두까기 인형을 꺼낸다) 요거! 되게 못생겼지? 하하하하 우습다, 호호호호 우스워, 우습다~!(빈대떡 신사의 한 대목을 인용한다) 웃기게 생겼지? 요게 말로만 듣던 호두까기인형이란다!

한 철   와~

(말희, 고개를 갸웃하며 인형을 살핀다. 장수는 여전히 냉랭하다)

장 수   그까짓 것!

영 아   신기하네, 이게 호두 까는 호두까기인형이라는 거야?

한 철   호두 까는 인형이라? 무서워!

(한철은 사타구니를 움켜쥐고는 뒷걸음질치는 시늉을 한다. 모두 썰렁해서 한철을 째려본다. 말희만 무슨 소리인지 알 수가 없다)

이 모   자, 봐-. (인형조종사처럼 호두까기인형을 작동하며) 얘들아, 안녕! 난 호두까기인형이란다! 반가워- 난 뭐든지 딱딱 물어 깨주지.

한 철   호두까기 인형아, 넌 왜 그렇게 입이 크니?

*이모의 노래-제목: 난 호두까기 인형이니까!

난 호두까기인형이니까!

지구라도 굴러만 와봐. 한 입에 딱!

세상에서 제일 단단한 호두알도 딱딱!

심심해도 딱! 서러워도 딱!

난 호두까기 인형이니까.

한 철   그래! 우리나라 담벼락엔 소변 금지 밤 까는 가위! 바다 건너 담벼락엔 호두 까는 호두까기인형! 아이고 무서워- (모두들 한철을 다시 째려본다)

한 철   히히-

아 빠	이모, 고맙습니다 해야지!
말 희	고맙습니다.
아 빠	장수 너도!
장 수	싫어! 이까짓 것!

(호두까기인형을 휙 빼앗아 던져버린다. 다리가 빠져 건들거린다)

영 아	애, 애 애 좀 봐! 아주 못됐네- 너 큰일났다! (눈을 부라리며 위협적으로) 산타할아버지는 착한 아이한테만 다녀가시는데!
한 철	(귓속말하듯) 그래, 산타할아버지는 착한 아이한테만 오시는 거야. 얼른 잘못했다고 빌어.
장 수	싫어! 난 착한 아이 안 할 거야.

*장수의 노래-제목: 왜 착해야되는데?

(도전적으로) 왜, 왜 착해야되는데?

부잣집 애들은 안 착해도 돼.

날마다 선물 받을 테니까.

오락도 게임도 실컷 하겠지?

학원도, 놀이공원도, 어학연수도 맘대로 갈 거야.

부잣집 애들은 안 착해도 돼.

날마다 성탄절일 테니까.

신발도 새 옷도 실컷 살 거야.

스키도, 캠프도, 피자집도 맘대로 갈 거야.

부잣집 애들은 안 착해도 돼!

(아빠, 장수를 벌서게 한다. 분위기 차가워진다. 말희, 참 았던 울음을 터뜨린다)

한 철	(상황을 수습하려고 허둥지둥) 사사장님, 파티해요! 우리 파티하다 말았잖아요.
이 모	파티?
한 철	네 파티! 얼마나 재미있는 파티 중이었다구요. 그렇지?
영 아	응!
이 모	좋아! 파티하자! 파티엔 무엇보다 케익이 있어야지. 형부, 케익은요?
영 아	여기요-(작은 케이크를 내민다)
이 모	에게, 무슨 케익이 요렇게 작아? 빵공장 사장님댁 케이크라고는 아무도 안 믿겠는 걸. 얘들아, 우리 케이크 만들자. 세상에서 제일 큰 케이크를 만들자!

*노래-제목: 케이크 만들자!

이 모   (선창) 몇 단짜리 케이크 만들까? 삼단? 오단? 칠단?

                   (화가 나있는 장수 옆에 서서 태권도복 끈을 묶는 시늉)

                   구단짜리 케이크 어때?

                   태권도, 합기도, 공수도, 합치면 구단!

                   구단짜리 케이크 만들자!

                   (이모 한철에게 엎드리라고 시늉을 하자, 한철 눈치 빠르게 엎드린다)

이 모   수리수리마수리, 부드러운 카스테라 빵이요!

                   (한철, 온 몸을 던져 바닥을 굴러 눕는다)

이 모   다음은 새콤달콤 딸기잼 아가씨!

                   (이모 눈짓 따라 한철의 누운 몸 위로 영아 스프레드라도 하듯 구른다. 영아의 분홍색 딸기그림의 스웨터 조명 효과를 받아 더욱 빛난다)

이 모   (말희의 손을 잡고는) 자, 짤주머니 울보공주 생크림이요!

                   (아빠의 손을 끌면서) 까무잡잡 초코가루 뿌려주세요.

                   (엄마의 손을 끌면서) 아삭아삭 복숭아 여사 어디 있나요?

(장수의 손을 이끌어) 새콤딴딴 아직은 설익은 키워 납시오!

(이모는 장수를 엄마와 아빠 사이에 억지로 세운다. 그리고 케이크 상자를 묶는 리본을 가져와 모두를 둘러 묶는다. "꼼짝 말고 기다려!" 그리고 끝으로 자신은 크리스마스 장식 중 루돌프 사슴 코를 떼어다 입에 문다)

이 모   두근두근 체리 장식, 감동입니다!

(모두들 이모의 '찰칵!' 구령에 맞춰 사진이라도 박듯 활인화. 말희는 어느새 울음을 잊었다. 모두 어색하게 웃는다)

한 철   (긴 팔 긴 다리를 코믹하게 흔들며) 파티! 파티! 파티! 이래서 난 파티가 좋아! 파티는 계속되어야 한다!

*모두-제목: 파티가 좋아!

한 철   (선창) 파티가 좋아, 파티가 좋아!
         (이모, 꾸짖듯 발음교정: "파리!")

한 철   파리! 난 파리가 좋아, 파리가 좋아!
         울던 아이도, 낯선 사람도
         하하호호 하나가 되는

파리가 좋아 파리가 좋아!

마음속엔 샴페인 펑펑 터지고,

빈 접시엔 한가득 웃음꽃이 넘치지.

파리가 좋아, 파리가 좋아.

(가족들 이것저것 집어다가 평상복들을 장식하기 시작한다)

파리가 좋아, 파리가 좋아.

지하실 공기조차 달콤해지고,

평범한 곳에선 마술이 일어나지.

(떠들썩한 파티 분위기 고조되는데 이때 다시 빗소리, 우
박으로 바뀌는지 소리가 유난히 거세다)

말 희   (울상지으며) 비!

*노래-불청객

함 께   (번갈아가며) 파티에는 불청객이 있기 마련.

오시는 비는 그냥 놓아두렴.

(천장에서 쥐가 후닥닥 뛰어가는 소리)

말 희   쥐!

파티에는 불청객이 있기 마련.
배고픈 밤손님에겐 부스러기를 던져주자.

말 희   엣취!

파티에는 불청객이 있기 마련.
으슬으슬 감기 기운도 함께 하면 다정해.

(이때 집밖에서 쿵 소리가 난다)

모 두   파티에는 불청객이 있기 마련.
길고양이도 배고프면 도둑으로 변해. 야옹아 오늘은 환영!

(한철, 괴물을 잡으려는 포즈로 다가가면서 대야에 담긴
물을 휙 뿌린다)

한 철   요놈!

(큰아버지, 온전히 물을 뒤집어썼다. 검은 망토에 검은 우

산을 들었지만 미처 물을 다 피하지는 못한 듯. 조명 덕분으로 한껏 몸집이 늘어나 괴이한 느낌. 큰아버지 곁엔 육중한 트렁크 하나 놓여 있다)

(약간의 시차를 두고 실로폰을 치듯 리듬감을 가지고)

동시에	형님!
	큰아버지!
	아주버님!
	큰 사장님!
	사돈어른!

아 빠	어쩐 일이세요?
큰아버지	들르라고 했잖으냐?
아 빠	내일쯤이나 오실 줄 알고…….
큰아버지	날 밝으면 내일이다!

(엄마는 급히 수건을 찾아와 내민다. 큰아버지 수건으로 얼굴을 대충 훔치고, 옷깃을 탁탁 턴다)

큰아버지	왜 이리 난장판이야? (발에 채는 자루를 툭 건드린다) 이

건 또 뭐고?

(이모, 얼른 자루를 치운다)

아 빠   파티 중이었어요.
큰아버지   파티?

(조명 급변하면 큰아버지 객석쪽으로 몸을 돌려 방백이
라도 하듯 노래 시작한다)

*노래- 제목: 파티라면 난 못 참아!

파티라면 난 못 참아.
불난데 부채질, 잔치엔 싸움질
오장육보에 심술보가 간질간질
놀보 심사 놀줄 알고? 놀보 심사 훼방 놓지
내가 나타나면 파티는 파장, 파티는 끝장!
(가족들 쪽으로 돌아서며)
파티 끄을- 3분 내 실시!

(모두들 어질러진 것들을 치운다. 옷에 붙인 우스꽝스런
장식들도 떼어낸다)

이 모   안 안녕하셨어요? (쭈뼛 나선다)

큰아버지   사돈처녀? 오랜만이네. 직장이 돈 안 되고 돈만 쓰는 시

민단체라며? 해외에 있다하지 않았나?

이 모   예, 뭐-

큰아버지   가난은 나랏님도 구제 못한다는데 딴 나라 가난까지…?

오지랖이 넓구만. 너희는 뭐냐? 꿀 먹은 벙어리인가?

한철과 영아   안녕하셨어요?

큰아버지   아버님 방앗간 일은 잘 되나? 메뚜기도 한철군!

한 철   제 이름은 메뚜기도 한철이 아니라 한철입니다. 그냥 한 철!

큰아버지   (무시하고) 고 옆엔 메뚜기를 잡아먹으려고 노리는 버마

재비 아가씨렸다!

영 아   큰 사장님!

큰아버지   뭐 좀 배웠나? 풀빵이나 겨우 굽는 수준이겠지. 시골마을

에 케이크 공방이 가당키나 한가? (지팡이 머리로 한철과

영아의 머리를 콩콩 두드린다) 요것도 땡! 조것도 땡! 난

요 얼치기들까지는 인수 안 하련다!

(한철과 영아, 머리를 감싸고 주저앉고 그는 지팡이를 휘

두르며 작업장 여기저기를 돌아다니며 노래한다)

*큰아버지의 노래-제목: 나는야 땡처리 사장!

나는야 땡처리 사장. 이것도 땡! 저것도 땡!

중고물건 있는 곳이라면 지구 끝이라도 땡!

망한 가게 접는 회사 이 내게 연락 주시오.

내 지팡이 닿는 곳은 모두가 돈!

버릴 인간 있어도 버릴 물건은 하나도 없네.

나는야, 땡처리 싹쓸이 사장!

엄 마 이리 와! 큰아버지께 인사해야지.

(말희, 엄마 뒤로 파고든다. 장수만이 또렷하게 큰아버지를 노려보며 앞으로 나선다)

큰아버지 땡땡! 땡땡! 많이 먹어야 쓰겠구나. 어디 손가락 좀 내밀어봐라. 흠, 안즉 멀었어. 오동통통 살을 찌워서 숲속 마녀에게 팔아넘겨야겠는 걸!

(말희 뒷걸음질친다)

큰아버지 제수씨, 먼 길 왔는데 뭐 좀 마실 거 없습니까?

엄 마 뒤꼍에 포도주를 묻어놓은 게 있어요. 한철씨, 나 좀 도와줄래요?

한 철	네!

(한철 데리고 엄마 퇴장한다. 영아 쪼르르 따라 나간다)

큰아버지	(자루에서 호두알을 꺼내 손아귀에 넣고 빠득 빠득 굴린다) 요거 군것질거리로 제격이겠는 걸!
아 빠	처제가 갖고 왔어요. 애들 크리스마스 선물이지요! 실하고 고소해요.
큰아버지	선물?

(아귀힘을 애써 줘보지만 금하나 가지 않는 호두알. 입에 물고 깨보려고 안간힘을 쓰지만 끄떡없다)

큰아버지	(공중 높이 던지며) 애들이 이거 좋아합디까?
이 모	호두는 애들 머리에 좋아요. 호두를 먹으면 똑똑해진다구요!

(장수, 망치를 찾아온다. 큰아버지, 받아서 호두를 쾅 부순다. 장수에게 호두알을 골라 건넨다)

이 모	저런! 다 으깨졌네! 장수야, 힘만 세다고 호두알을 얻을 수

있는 게 아니야. 이리 줘봐. 호두까기인형한테 맡겨! 아
자

(호두까기 입에 호두를 물린다. 딱하고 호두알 깨진다.
말희 탄성을 지른다)

이 모   자, 말희! 손 벌려! 봤지? 힘만 쓴다고 다 되는 게 아냐. 머
              리를 써야지. 사돈께서도 호두 많이 드셔야겠네요. 머리
              좀 쓰실 수 있게!

큰아버지   참말 호두가 머리에 좋은 거요?

이 모   그럼요.

큰아버지   왜 좋을까?

이 모   알맹이가 우리 뇌랑 꼭 닮았잖아요. 딱하고 열면 똑똑한
              아인슈타인의 뇌!

큰아버지   그럼 생강은 발가락에 좋고, 옥수수는 이빨에 좋은가?

이 모   …쇠간은 사람 간에 좋구요. 블루베리는 눈에 좋지 않을
              까요?

큰아버지   닭똥집은 어디에 좋구?

이 모   아무튼 닮은 건 닮은 것끼리 좋은 거예요.

말 희   닮은 건 닮은 것끼리 좋아요! 이모랑 말희랑, 엄마랑 이모
              랑, 아빠랑 오빠랑 좋아요. 그치?

큰아버지   나는?

(이모는 얼른 말희의 막힌 말을 벌충하듯 호두를 공중으
로 던져 저글링을 한다. 마술쇼 묘기라도 펼치듯 여기 저
기 호두알을 겨드랑이랑 입 속에 넣었다 뺐다 사라졌다 나
타났다 재주를 한판 보인다. 말희와 장수 이모의 호두알
다루는 솜씨에 홀린다. 이 손에서 호두 한 알이 저 손에서
호두 한 알이 나와서 두 알이 되었다가 다시 한 알이 된다)

*이모의 노래-제목: 닮은 건 닮은 것끼리 좋아해.

    닮은 건 닮은 것끼리 좋아해.

    사랑과 평화

    기쁨과 행복

    미소와 친절

    닮은 건 닮은 것끼리 좋아해.

(이모, 묘기자랑이 지나쳐 호두 두 알을 가랑이 사이에서
쑥하고 꺼낸다. 아빠, 큼큼 헛기침을 하면, 이모 알아채고
호탕하게 웃는다. 이때 호두알 하나 굴러 떨어진다. 큰아
버지, 호두알을 집어 호두까기인형 입에 물린다. 그러나
너무 세게 다뤄 호두까기인형의 턱이 쑥 빠지고 만다. 말

희 달려가 호두까기인형을 얼른 품에 안는다. 울상. 장수
는 망치를 들어 호두알을 내리친다. 빗맞은 호두알 핑그
르르 저만치 달아난다)

큰아버지   (장수가 주워건네는 호두알맹이의 껍질을 떼어 입속으로
            탁 털어넣으며) 머리가 좀 좋아진 것 같군! 머리가 좋아야
            돈을 잘 벌지. 콩! 콩! 콩! (아이들 머리를 두드린다)

            (울먹울먹하는 말희를 보고는 트렁크로 가서 인형과 트
            랜스포머형 로봇을 꺼낸다)

큰아버지   자, 선물이다!
장 수   와-

            (장수는 홀린 듯 선물을 받아 이리 저리 움직여본다. 로봇
            팔로 바닥에 구르는 호두알을 까는 시늉을 하기도 하고.
            말희는 망가진 호두까기 인형이 마음 쓰이지만 저도 모르
            게 발레리나복을 입고 발레슈즈를 신은 인형 쪽으로 손
            이 간다. 곧 말희와 장수는 황홀해서 어쩔 줄 모르며 로봇
            과 인형을 쓰다듬고 논다. 아빠는 난처해 웃음만 흘리고,
            이모 바닥에 버려진 호두까기인형을 주워 구석 크리스마

스트리 아래 갖다 앉힌다. 사이. 큰 아버지 망치를 가지고 호두를 까는 사이 이모와 아빠는 어수선해진 작업장을 청소하기 시작한다. 아빠, 쓰레기 봉지를 들고 밖으로 나가고, 이모는 청소도구를 가지러 퇴장. 사이)

큰아버지   (로봇과 인형을 가지고 노는 아이들을 보며)

*노래-제목: 착한 아이는 시키는 대로!

착한 아이는 로봇처럼

시키는 대로 움직일 것!

착한 아이는 인형처럼

꼼짝 않고 조용히 할 것!

자, 로봇처럼 걸어라.

자, 인형처럼 가만히

시키는 대로!

아무 소리 내지 말고!

(장수와 말희, 최면이라도 걸린 듯 로봇과 인형을 안고 퇴장한다)

(다음 장면은 무대 위 나란히 연출된다)

두 자매, 두 형제

(엄마는 바퀴 달린 보조탁자를 끌고 와서 무대 한 쪽에 선
다. 마른 수건으로 그릇들을 닦으며 두 자매는 대화한다)

이　모　　　언니, 형부랑 정말 갈라서려고?

엄　마　　　……(손놀림이 빨라진다).

이　모　　　애들은 어쩌고?

엄　마　　　왜? 너한테 떠맡길까봐 겁나니?

이　모　　　왜 그딴 식으로 말해?

엄　마　　　걱정 마! 넌 계속 니 멋대로 살아.

이　모　　　내가 뭘 그렇게 멋대로 살았다고 그래?

엄　마　　　…아버지 제사도, 엄마 아프실 때도 모두 내 몫이었잖니?
　　　　　　　그래, 너라도 훨훨 날아다니면서 살아! 구질구질 궁상은
　　　　　　　내가 다 떨 테니까.

이　모　　　언니!

두 형제

큰아버지　　제수씨는 어떠냐?

아 빠	고생만 시켜서…. (주머니 속에서 보석 상자를 꺼내 만지작거린다) 밀가루먼지를 너무 많이 마셨나 봐요. 볕 좋고, 공기 맑은 데 가서 요양이라도 해야 하는데…….
큰아버지	내가 뭐랬어? 사람 사는 게 과자집이나 뜯어먹고 살 수는 없는 거다!
아 빠	…알아요.
큰아버지	애들 짐은?
아 빠	다 싸놓았어요.
큰아버지	넌 어쩔 셈이냐?
아 빠	중국 가서 자리 잡아야죠. 친구가 거기서 양과자 사업을 하는데 도와 달래요. 형님, 자리 잡을 때까지만 애들 부탁드려요. 면목 없습니다.
큰아버지	머리 굵었으니 제 밥숟가락들은 놓을 테지. 못난 놈! 케이크공방 한다고 설칠 때부터 알아봤다.
아 빠	강변 라이브 카페 경기가 좋았잖아요. 거진 반 문을 닫았지만… 경쟁적으로 커피 한 잔에 케이크 한 조각, 덤으로 주던 시절이 좋았죠.
큰아버지	그렇게 정비기술이라도 배울 것이지 계란 깨고 우유거품 젓는 걸 돈 주고 배워?
아 빠	형님!

두 자매

(엄마, 과일을 깎고 있다. 이모는 주워 먹기만 한다)

이 모   빵 만드는 일 배운다고, 학원 다닐 땐 꿈도 많았지. …형
        부는 좋은 사장님인지는 몰라도 좋은 선생님이긴 했어.
        그치?

엄 마   (쓸쓸하게 끄덕인다) ……….

이 모   우리 왜, 간판 이름도 지었잖아. 갓 구운 자매 빵집!

엄 마   그래, 참 오래됐다. …한심해, 갓 구운 자매 빵집이 뭐람?

이 모   왜? 그 이름이 어때서?

엄 마   식인종만 오는 빵집이니? 갓 구운 자매 빵집? 자매가 갓
        구워낸 빵집, 그래야 맞지!

이 모   헤헤 난 국어는 못했잖아. 지리 공부는 박사였어도.

엄 마   그래, 그래서 넌 밖으로 도나보다. (쓸쓸히) 갓 구운 자매
        빵집… 이제 그 이름은 영원히 못 써먹겠지? (기침) 숯이
        된 자매, 갓 구운 자매 빵집? 타버린 자매! 속이 까맣게
        타들어 간 나…….

이 모   언니, 장수랑 말희 생각하면 힘을 내야지. 우리 어렸을 적
        생각나? 왜 언니 급식빵 타 가지고 나 준다고 안 먹고 뛴
        거, 생각나?

엄 마	그래…….
이 모	언니 우리, 그렇게도 살았잖아. 더 겁날 일 있어?
엄 마	난 애들이 나처럼 사는 거 싫다!
이 모	언니가 어때서? 없이 살아도 마음 부르게는 살 수 있어. 날 봐! 난 배고팠어도 언니만 곁에 있으면 든든했다! 언니가 타다준 급식빵 머리맡에 놓고 잠들면 왜 그리 뿌듯하던지. 나 아무리 배곯았어도 언니랑 나랑 비 오는 처마 밑에서 사이좋게 빵 나눠먹던 생각하면 배가 불러왔어. 언니! 언니가 여기 있으니까 내가 멀리 훌훌 날아 다닐 수 있었던 거야. 언제든 돌아올 집이 있으니까…….
엄 마	이젠 없을 거야……. 우리한테 집은 없어.
이 모	애들이 있잖아! 언니, 우리 집 뒷마당에 늙은 호두나무 하나 있었지. 우리 배고프면 호두알 주워서 까다가 옻오르고 했잖아. 힘든 거, 슬픈 거 그까짓 것 딱 딱 호두알 깨물듯 깨물어버리면 돼! 언니, 내 입 큰 거 알지? 다 오라고 그래! 아픈 거, 속상한 거 내가 다 깨물어 줄게!

두 형제

아 빠	형님 기억하세요? 자치기하다 간장독 깨서 새어머니한테

쫓겨나 마을 뒷산에 올랐었잖아요. 날은 저물고, 어두워
지는데 어찌나 무섭던지. 형님께서 벌벌 떠는 지에게 헨
젤과 그레텔 이야기를 들려주셨죠.

큰아버지   그랬냐? 내가 미쳤었나부다!

아　빠   그날 형님이 어찌나 실감나고 재미있게 과자집 이야기를
해주시든지. 전 배고프고 힘들어 헤매는 아이가 있다면
제 손으로 과자집을 지어서 따뜻하고 배부르게 맞이해 주
고 싶었어요.

큰아버지   그래서 네놈 애들이 생활이라는 악다구니한테 잡아먹히
게 된 거야. 철이 들어야지!

아　빠   (싱겁게 웃으며) …예, 알아요. (사이) 형님!

큰아버지   왜 자꾸 불러?

아　빠   …형님한테 진짜 집은 못 지어드려도, 과자집 한 채 멋지
게 지어드리고 싶었어요.

(큰아버지, 헛기침을 한다)

장수와 말희

(가운데 창에 불빛 들어오면 창 안쪽에서 인형과 로봇을

안고 노는 두 아이 모습 보인다)

말 희   오빠, 나 큰아버지네 가기 싫어.

장 수   바보야, 큰아버지네 집이 얼마나 부자인 줄 알아? 아파트
          십 오층에 한강이 내려다보이고, 우리 집 크리스마스트리
          정도는 아무 것도 아니야. 백날이면 백날, 창 아래 트리같
          이 반짝반짝한 서울 풍경이 눈 아래 쫙악 펼쳐지는 거야.

말 희   그래도, 난 우리 집이 좋아.

장 수   바보야, 우리 집이 어딨어? 여기는 떡방아간 할아버지네
          창고 건물이잖아.

말 희   …엄마 아빠랑 있으면 우리 집이지 뭐.

장 수   바보야! …너도 학원 다니고 싶지? 발레학원!

말 희   …으응!

장 수   그래, 너, 엄마 아빠가 힘들게 일해서 번 돈으로 학원가서
          춤추면 좋을 것 같아?

말 희   …아니.

장 수   큰아버지 마술 지팡이 하나면 너 학원가고, 나 영어 배우
          고 다 할 수 있단 말이야.

말 희   그래도 싫어. 엄마 아빠랑 함께 사는 게 더 좋아. (울음이
          터진다)

장 수   으이구, 이 울보! 뚝 그쳐! 울면 인형 침대 안 만들어준다!

말 희	…난 엄마 아빠랑 함께 사는 게 더 좋단 말이야.
장 수	어차피 엄마 아빠랑 같이 못 살아! 엄마랑 아빠랑 이제 같이 못살게 됐는데 어떻게 우리가 엄마 아빠랑 살아?
말 희	무슨 말이야?
장 수	(당황해서 얼른 말을 수습하려고) 어? 어-. 아빠는 중국 가서 돈 벌어 와야 하잖아. 그러니까 모두 모여서는 못 살지!
말 희	중국 가서 같이 살면 되잖아?
장 수	너 같은 꼬맹이는 비행기도 못 타. 안 태워 줘! 비행기가 날아봐라? 너같이 쪼그만 애는 안전벨트를 묶으면 밑으로 쑥 빠지거든!
말 희	으앙!

(조명 바뀌면 큰아버지, 포도주가 담긴 독을 곁에 놓고 국자로 퍼먹고 있다. 한철은 독을 파느라고 고생 깨나 했는지 바짓가랑이를 걷어 붙였다. 영아, 한철의 옷에 묻은 흙과 검불을 수건으로 털어 준다)

큰아버지	애들아, 큰 애비 앞에서 재롱잔치 좀 해봐라! 메뚜기도 한철, 춤춰봐! 아가씨는 노래 한 곡조 하지!
영 아	흥!
한 철	큰 사장님! 우리가 연습한 연극 보실래요? 연말에 케이크

구워서 유아원에 놀러가려고 연극연습 했거든요.

장 수	난 안 해!
한 철	야, 서울 가면 끝이잖아. 한번만 하자야.
큰아버지	어디 해봐! 잘 하면 상을 주지!
말 희	엄마, 아빠는요?
이 모	이삿짐 싸.
말 희	엄마랑 아빠가 있어야 하는데…….
한 철	이모님, 도와주세요!
이 모	내가?
한 철	예, 여기 대사 적혀 있어요. 그대로만 하시면 돼요.
이 모	알았어!

(한철, 공장에서 칸막이로 쓰던 커튼 막을 가져다 세운다.
한철, 세 개의 초록색 고깔모자를 나눠준다)

한 철	자, 가는 거다! 파이팅!
영 아	크리스마스 특별 공연!
한 철	제목은 '꿈을 이룬 세 나무 이야기!' 아주 먼 옛날, 어느 산마루 위에 아기나무 세 그루가 살고 있었어요. 하루는 나무들이 서로 꿈을 이야기했죠.[****]

[****] 다음 이야기는 『크리스마스에 관한 여섯 가지 숨은 이야기』 중 '세나무 이야기'를 각색한 것임. 도서출판 두란노, 안젤라 헌트 지음, 박동은 옮김.

304

말 희	이 다음에 커서 무엇이 될까?
영 아	(초록색 고깔모자를 벗어 넘겨 위를 올려다보며) 와, 저 반짝이는 별들 좀 봐. 다이아몬드 같지 않니? 저런 보석들을 많이많이 가질 수 있다면 얼마나 좋을까? 그래, 난 세상에서 가장 아름다운 보석함이 될 거야! 내 안에 온갖 금은보화를 담을 거야!
이 모	(대사가 적힌 카드를 넘겨가며 또박또박) 냇물은 흘러 어디로 갈까? 넓고 시원한 바다로 가겠지? 그래, 난 세상에서 가장 크고 튼튼한 범선이 될래. 멋진 왕을 모시고 거센 물결을 헤쳐 갈 거야.
말 희	난 이 산마루를 떠나고 싶지 않아. 그냥 여기 서서 키가 아주 커졌으면 좋겠어. 큰 키로 하늘 향해 꼿꼿이 서 있으면 사람들이 나를 보며 크신 하나님을 생각하겠지? 그래, 난 세상에서 가장 키 큰 나무가 될 래.
한 철	세월은 자꾸 자꾸 흘러갔어요.

(장수와 한철, 번갈아 날씨를 연기한다. 장수, 반짝반짝한 은쟁반으로 얼굴을 가리고 지나가면 한철이가 어린이용 짤막한 노란 비옷을 걸치고, 노란 우산을 들고 종종 걸음 쳐 지나가는 식이다. 눈보라는 한철의 주머니에서 나온 스프레이로 표현해도 좋다)

한 철   해도 비치고, 비도 내리고, 눈보라도 몰아친 지 여러 해
        어느덧 세 그루 어린 나무는 커다란 나무가 되었습니다.

        (나무들 고깔에서 또 다른 고깔을 꺼내 나무 높이를 늘인다)

        (장수, 스티로폼으로 만든 근육질 몸 가면을 척 걸치고 나
        무꾼이 되어 등장한다. 땀을 닦는 시늉, 빵 반죽을 하는
        데 쓰는 나무주걱이 도끼가 된다)

장 수   아름다운 나무로군, 안성맞춤이야!
        (퍽! 소리를 내며 도끼로 내려치는 시늉)
영 아   아야! 참아야해! 난 이제 아름다운 보석함이 되는 거야!
장 수   튼튼한 나무로군, 안성맞춤이야!
        (다시 퍽! 소리를 내며 도끼로 내려치는 시늉)
이 모   어이쿠! 난 이제 왕이 타는 큰 배가 될 거야. 멋진 왕을 모
        시고 거센 물결을 누비겠구나. 돛을 달아라-
장 수   (허리에 손을 짚고, 아래위로 훑어본다)
말 희   어, 어, 어떡해?
장 수   넌 좀 더 자라야겠구나.

        (장수, 첫째 나무와 둘째 나무를 끌고 퇴장한다)

306

영 아	안녕! 난 보석함이 될 거야. (장막 뒤로 사라진다)
한 철	그렇지만 목수 아저씨는 첫째 나무로 가축들의 먹이를 담는 구유를 만들었어요. '옛다, 말들아 많이 먹어라!'

(영아, 말구유 모양으로 만든 판자 스커트를 입고 떠밀린 듯 막 뒤에서 툭 튀어나온다)

영 아	으앙-
한 철	첫째나무는 보석을 담기는커녕 톱밥으로 뒤덮여 말이 먹는 여물이나 담는 신세가 되었지요.
이 모	안녕! 난 왕을 모시는 큰 배가 될 거야.
	(장막 뒤로 역시 사라진다)
한 철	'쓱쓱싹싹(톱 켜는 시늉), 다 됐다! 고기 많이 잡아오너라!'

(이모, 배 모양으로 만든 판자로 몸을 가리고 떠밀린 듯 막 뒤에서 튀어나온다)

이 모	으앙-
한 철	둘째 나무는 볼품없이 작고 약한 고깃배가 되었습니다. 어휴, 벌써부터 물고기 비린내가 진동을 하는군요! 그럼 셋째 나무는 어떻게 되었을까요? 세월이 흘러갔습니다.

(장수 혼자 봄 여름 가을 겨울 시간의 흐름을 연기하느라고 바쁘게 돌아친다)

한 철 　 (느긋하게) 나무들은 어릴 적 꿈들을 다 잊어갔지요. 어느 추운 날 밤이었습니다. 한 젊은 여인이 와서 마구간에 놓인 구유에 아가를 살며시 눕혔습니다. 그러자 …찬란한 황금 별빛이 구유 안으로 쏟아져 들어왔어요.

(손에서 인조별이 아름답게 떨어진다)

한 철 　 여인의 남편이 나지막이 말했습니다.
　 　 　 "내가 요람을 만들어주었으면 좋았을 것을."
　 　 　 "아니에요, 참 아름다운 구유인 걸요."

영 아 　 아, 내가 세상에서 가장 아름답고 귀한 보석을 담고 있구나!

한 철 　 둘째 나무로 만든 고깃배는 이미 낡을 대로 낡아버렸습니다. 어느 날 해질 무렵, 피곤에 지친 한 남자가 친구들과 함께 그 배에 올라탔지요. 배가 한 가운데로 나가자 남자는 잠이 들어버렸어요. 갑자기 폭풍이 들이치기 시작했어요. (쟁반을 두드리는 걸로 폭풍우 음향 표시) 천둥과 번개가 치고, 물결이 거세게 일었지요.

이 모 　 무서워, 아이 무서워!

한 철   그때 자고 있던 남자가 깨어났습니다. 그는 일어서서 손을 높이 들고 외쳤어요. "잠잠하라!" 그러자 폭풍은 언제 그랬냐는 듯 잠잠해졌습니다.

이 모   아, 내가 하늘과 땅의 왕을 모시고 있구나!

한 철   어느 날 셋째나무도 드디어 베어졌습니다. 셋째나무는 눈을 떠보니 한 남자의 어깨에 걸쳐진 채 끌려가고 있었어요. 병사가 와서 그 남자의 손발을 묶어 나무의 몸에 못을 박고 매달았지요. …셋째나무는 무엇이 된 걸까요? 네, 사람들은 그 나무를 생각할 때마다 하나님을 떠올리게 되었습니다. 그건, 세상에서 가장 키 큰 나무가 되어 우뚝 서있는 것 보다 훨씬 멋진 일이었지요.

(큰아버지, 코를 드르렁드르렁 곤다)

한 철   우리 연극은 이제 끝났습니다. '꿈을 이룬 세 나무 이야기' 는 여기서 막을-

이 모   잠깐! 세 그루 나무 이야기는 계속됩니다. 세월이 흘러 아주 많이 흘러 말구유도 사라지고, 작은 배도 삭아 없어지고, 언덕 위의 십자가 한 토막만이 남아 굴러다니던 어느 날! (목소리를 바꿔서) 참 단단한 나무 조각이군! 이걸로 뭘 좀 만들어볼까? 어디, 착한 아이 줄 호두까기인형이나 만들어볼까? 쓱싹 쓱싹! 자, 너도 세상에 나가서 빛과 소금처럼 귀히 쓰이어라. 나무 도막은 용감한 호두까기인형이 되었습니다. (호두까기인형이 손 조정에 의해 재주를 넘듯 구르는 시늉을 하며 앞에 선다) 자, 힘든 것, 서러운 것 호두알처럼 딱 딱! 호두알 하나를 깰 때마다 이겨내는 거야!

한 철   (인형 목소리로 슬프게) 근데 어쩌죠? 다리는 건들거리고, 턱은 빠진 걸요.

        (이모, 풀이 죽어 호두까기인형을 커튼 막에 시체처럼 걸쳐놓는다)

장 수   연극은 끝난 거야?
말 희   (인형을 올려다보며) 미안해, 호두까기인형아!

        (장수 나가버리고, 큰아버지 코고는 소리만 요란히 울린다. 막 내린다)

310

2막

어둠 속 말희가 잠옷 차림으로 살며시 작업장에 발을 딛는 모습 희미하게 비친다. 잠옷 입은 모양이 꼭 생강과자 아이 실루엣처럼 보인다. 누구에게도 들키고 싶지 않은 듯 살짝 문을 닫는 말희, 순간 날카로운 '찌익 찍!' 소리 들려온다. 말희, 멈칫한 채 어둠 속을 노려본다. 낮게, 신음처럼 찌익 찍 날카롭고 거슬리는 소리 들리다가 사라진다. 말희는 겁에 질려 얼른 스위치를 찾아 불을 밝힌다. 갑작스런 천둥벼락, 말희는 순간 달려가 창가에 기대앉은 호두까기인형을 필사적으로 껴안는다. 순간 '팟!' 하고 작업장 전구가 나간다. 잠시 후 반짝반짝 필라멘트가 빛을 내더니 다시 전구가 켜진다. 하지만 불빛은 훨씬 어두워졌다. 말희는 호두까기인형을 안고 다독인다.

말 희 호두까기인형아, 큰아빠랑 오빠가 너를 그렇게 아프게 했다고 너무 화내지 마. 큰아빠는 심술쟁이고, 오빠는 지금 기분이 너무 안 좋아. 산타할아버지가 안 오셔서 화가 났나봐. 우리 오빠는 원래는 아주 착한 오빠야. 내 말을 믿어 줘. 호두까기인형아, 걱정 마. 이젠 내가 잘 보살펴줄게. 너가 다시 건강해지고 웃을 때까지 말이야. 난 니가 웃는 모습이 참 좋아. 처음 널 봤을 때부터 니가 좋았어. 어쩌면 넌 마법에 걸린 왕자님인지도 몰라…. 아프겠다…, 내가 아빠한테 부탁해 볼게. 아빠는 뭐든 잘 해서. 설탕가루만으로도 곰이랑 사슴이랑 눈사람이랑 잘 만드시거든. 너처럼 단단한 인형이라면 금방 고칠 수 있을 거야. (등에 업은 발레리나 인형을 돌려 소개한다) 발레리나 아가씨, 인사하세요! 내 오랜 친구 호두까기인형이에요. 어머머 웃다니 실례에요. 호두까기인형은 생긴 건 좀 우습지만 용감하게 제 할 일을 해내는 멋진 친구랍니다. (주머니에서 손수건 두 장을 꺼낸다) 자, 아가씨는 절 좀 도와주세요. 네? 못 하겠다고요? 나빠요, 못쓰겠군요. 친구가 다쳤을 땐 정성을 다해 돌봐주어야 해요. 자꾸 그러면 고 귀여운 발에서 발레슈즈를 벗길 테에요. 호두까기인형님, 팔을 주세요. (말희는 손수건으로 호두까기인형의 내려앉은 턱을 묶고, 빠진 팔을 깁스라도 하듯 매준다) 자, 됐어요. 푹 자고 나면 다 나을 거예요. 자장자장…. (늘어지게 하품을 한다)

(사이, 무대 고요해진다. 오르골이라도 딸깍 열린 걸까, 은은하게 음악이 깔린다. 배경 막에 그려진 벽의 균열 사이로 생쥐들의 빨간 눈 몇 개가 언뜻 비친다. 이윽고 나직

하게 바스락거리는 소리, 속삭이며 달그락대는 소리, 킥 킥대는 웃음소리, 이어 가느다란 휘파람 소리, 곧 이어서 마치 수천 개의 작은 발들이 벽 뒤에서 달리고 뛰는 듯한 소리, 작고 빨간 불빛들이 보다 강렬하게 벽 틈새로 새어 나온다. 무대를 압박하는 느낌이다. 곧 섬뜩하고 날카로운 휘파람 소리 들린다. 순간, 천둥 벼락이 다시 울린다. 집 주변으로 전선줄이 '팟! 팟!' 소리를 내며 방전되고… 그런데 오히려 구석에 놓여있던 크리스마스트리는 경계 경보라도 발령하듯 번쩍 번쩍 빛을 내기 시작한다. 순간 세트가 쑤욱 웃자란다. 조명으로 그림자 효과만으로 표현해도 좋다.

1막과 달리 세트는 키가 매우 커졌다. 걸리버가 대인국 나라를 방문했을 때의 눈높이랄까? 단 공간 감각이 사실적으로 재현한 듯 커진 것이 아니라 악몽 속에서 그렇듯 아랫부분들만 기괴하게 강조되어 세워진 형국이다. (달리 그림처럼?) 아마도 말희의 환상(또는 꿈?) 속에서 호두까기인형의 시선으로 펼쳐진 세상일 것이다.

이윽고 크리스마스트리, 뻗은 가지가 팔이 되어 제 몸을 장식하고 있던 생강과자들을 허겁지겁 감추기 시작한다. 트리는 몸을 부르르 떨고, 한 걸음 한걸음 겁에 질려 뒷걸

음질 친다. 어둠 속 한 점 날카로운 생쥐대왕의 눈빛을 본
것이다.

이때 호두까기인형 치통환자처럼 빠진 턱을 손수건으로
괸 채 다친 한 팔을 싸매 붙이고, 나머지 다른 팔로 긴 칼
을 휘두르며 등장한다)

*호두까기 인형의 노래-제목: 덤벼라 덤벼!

덤벼라 덤벼!

바삭바삭 바삭 바삭바삭 바삭!

멍청한 생쥐놈들 갉아먹는 소리! 졸-장부 소리!

딱딱딱딱 따닥 따그닥닥 딱딱!

용감한 나 호두까기 병정 호두 까는 소리, 대-장부 소리.

지구라도 굴러만 오면 한 입에 딱,

생쥐 대가리쯤이야 한 입에 딱!

호두까기인형   자, 덤벼라!

(생쥐대왕 등장! 머리엔 왕관을 썼다. 대왕의 망토자락을
하수인 1, 2, 3 받쳐 들고 있다. 하수인들은 어쩐지 최면
이라도 걸린 듯 멍하고 기계적으로 움직인다)

생쥐대왕   와드득 쩝쩝, 호두알을 내놓아라
          고소소 야곰야곰 맛도 좋은 호두알!
          돌격이다 돌격, 앞으로 나가!

          (호두까기인형을 향해 생쥐꼬리 채찍을 내리치자 호두까
          기인형 칼을 놓친다. 생쥐대왕, 호두까기인형을 공격하
          려다 바닥에 잠든 말희를 발견하고는 방향을 바꾼다)

생쥐대왕   웬 횡재냐? 맛있는 생강과자 아이가 저기 하나 떨어져있네!
          날 잡아 잡수, 정신없이 곯아떨어져 있네! 오독 오독, 바
          삭 바삭 맛도 좋게 생겼군!

          (트리, 와들와들 떠는 중에도 말희를 보호하기 위해 가지
          를 들어 말희를 숨겨준다. 나뭇가지가 몸에 닿자 따가워
          잠이 깨는 말희, 눈을 부비며 올려본다)

생쥐대왕   저리 비켜! 이 가짜나무야, 나무도 아닌 것이 나무인 척
          서있구나.

          (플라스틱 나무, 부끄러워 어쩔 줄 모른다)

생쥐대왕	플라스틱 트리 너쯤이야 이빨을 다듬는 데 제격! 부하들 이여, 돌격하라!

(하수인들 약에 취한 듯 비틀거리며 방향을 잡으려는 사이 호두까기인형, 용감하게 몸을 굴려 칼을 주워들고 트리와 말희 앞을 막아선다)

말 희	호두까기 왕자님?
생쥐대왕	심심풀이 땅콩, 아니 호두까기인형 녀석아, 어서 생강과자 닮은 아이를 내놓아라. 내 간식거리다!

(플라스틱 트리, 호주머니에서 과자를 몇 개 꺼내 던져준다)

생쥐대왕	짐을 놀리는가? 한입거리도 안 되는 걸 어디 내 앞에 내밀어? 나는야 이래 뵈도 배불뚝이 생쥐대왕! 피자를 먹더라도 멍석만큼은 커야지. 햄버거를 먹더라도 솥뚜껑만큼 커야하구 말구. 생강과자도 저 아이만큼 큼직 해야해! (채찍을 휘두른다. 트리, 무서워서 물러난다)

*하수인들의 노래(기계적으로)-제목: 생쥐대왕을 예찬함

하수인1, 2, 3	끄억, 끄억 향그런 트름!

뿌웅 뿌웅 대장님 방귀!

세상에서 제일 큰 대장님 위장!

세상에서 가장 긴 대장님 꼬리!

말 희	넌 누구야?
생쥐대왕	나는야 이 밤의 지배자, 생쥐대왕! 너 참 바삭바삭 맛있겠구나.
말 희	으악!
호두까기인형	말희 아가씨, 얼른 내 뒤로 숨으세요.

(말희는 호두까기인형 외투 한 자락을 끌어다가 얼굴을 가리려다 자락이 뜯겨나간 것을 본다)

호두까기인형   (비장하게) 제 외투자락은 이미 저 생쥐대왕의 밤참이 되어버렸답니다!

*생쥐대왕의 노래-제목: 약을 올리자!

생쥐대왕   (긴꼬리 채찍을 휘두르며 약올리는 노래조로)

멍청한 트리 놈으론 이빨을 갈고

설치는 호두까기 인형 놈으론 배를 채우자.

생강과자 아이는 맛도 좋지요.

한입거리 간식으로 딱이로구나.

자, 이리 온!

(말희, 오들오들 떤다. 생쥐대왕의 댄스와 채찍질 더욱 빨라진다)

생쥐대왕　　　크크크큭 크리스마스엔
무슨 일이 일어나도 그건 선물!
크크크큭 크리스마스엔
나쁜 일이 일어나도 그건 선물!
플라스틱 나무는 일어나 걷고
젖내나는 아이는 과자가 되지!

아이고, 먹음직스러운 것들! 이리 온!

(생쥐대왕의 채찍에 맞아 호두까기인형 나뒹군다. 생쥐대왕에게 칼을 빼앗기고 애써 몸을 추스르며 숨넘어가는 용장 같은 몸짓으로 외친다)

호두까기인형　　충성스런 부하여, 북치는 병사여, 어디 있는가? 내게 힘이 나는 행진곡을 연주해주게!

(이때 북치는 곰인형 또르르 굴러 무대를 가로지른다)

호두까기인형   트럼펫 부는 병사는 어디 있는가?

(벽시계, 뻐꾸기가 뻐꾹 나왔다 들어간다. 호두까기인형 기운이 쭉 빠져서 트리를 향해 도움을 청한다)

호두까기인형   좋아, 장군! 난 자네의 용기와 경험을 잘 알고 있네. 생쥐와의 전투에서는 재빠른 판단과 순간적인 기회포착이 중요하지. 난 자네에게 기병대와 포병대의 지휘를 맡기는 바이네.

(크리스마스트리, 무슨 말인지 몰라 전구 알만 껌벅 껌벅, 쥐들은 비웃듯 킬킬 찍찍 소리를 지르며 한 걸음 한 걸음 압박해온다. 지금까지 구석에 숨어 꼼짝도 않던 발레리나 아가씨, 용감히 나선다. 발레리나 아가씨 발레스텝으로 도약해 두어 바퀴 돈 다음 멋지게 착지에 성공! 그 서슬에 생쥐들 놀란다.)

발레리나 인형   오, 대장님, 부상당한 아픈 몸으로 전쟁터에 나가시다니요. 제 팔을 베고 쉬라니까요. 저 거친 쥐들이라 할지라도 저처럼 아름다운 인형에겐 감히 손대지 못한답니다.

호두까기인형 오, 발레리나 아가씨, 전 당신이 제게 보여주신 은혜와 사랑을 잊지 않고 기억하렵니다.

(발레리나 아가씨, 자신의 목을 두른 분홍빛 리본을 풀러 호두까기인형의 팔을 묶어주려 한다. 그러나 호두까기인형 정중하게 거절한다)

호두까기인형 오, 아가씨, 저에게 이렇게 과분한 호의를 베풀지 말아주세요. …왜냐면 저에겐 이미…….

(숨을 깊이 들이 쉰 다음, 말희가 묶어준 손수건에 대고 뽀뽀를 한다. 벌벌 떨고만 있던 말희, 부끄러워진다. 말희는 불현듯 용기를 내어 신고 있던 실내용 슬리퍼를 벗어 생쥐대왕의 얼굴을 향해 던진다. 하필 슬리퍼에 고양이 캐릭터 키티 얼굴이 붙어 있었다. 생쥐대왕 얼결에 매우 놀란다. 하수인들, 찍찍거리며 숨기에 바쁘다. 그 틈을 노려 호두까기인형 칼을 뺏는다. 찌르기 한 판!)

생쥐대왕 아이쿠! 얘들아, 이 건방진 호두까기인형을 해치워버려라.

(생쥐대왕과 생쥐하수인들이 전열을 정비해 포위 압박해 오자 호두까기인형, 오븐 쪽으로 점점 밀린다)

호두까기인형   오, 내게 말을! 말을! 말, 말, 말 한 필이라면 왕국과도 바꾸겠노라!

(한 발자국, 한 발자국씩 밀려 결국 호두까기인형 오븐에 등을 밀착시켰을 때 하수인들은 합심해 오븐 속으로 호두까기인형을 밀어넣는다. 생쥐대왕, 얼른 달려들어 바깥에서 자물쇠를 잠궈 버린다)

생쥐대왕   나에게 대든 놈은 화형감이다! (바닥에 구르는 호두자루를 쥐고는) 자, 요것이 바로 오늘 밤 우리들이 얻은 전리품! 회춘하는 데는 반지르르 호두기름이 제격이렸다!

(호두자루를 들고 잘그락 잘그락 흔든다. 그리고 호두 한 알을 꺼내 와드득 깨물어먹다가 이빨이 부러진다)

생쥐대왕   어려운 문제를 만나면, 우리 생쥐들은 이렇게 말하지! 그건 정말 단단한 호두였어!

하수인들   (앵무새처럼) 그건 정말 단단한 호두였어!

생쥐대왕	자, 오븐에 불을 지필 것을 명하노라!

(하수인들, 오븐에 코드를 꽂고, 타이머를 돌린다. 오븐, 소리를 내며 가동되기 시작한다)

생쥐대왕	자, 생강과자 아이야. 넌 날 위해 케이크를 만들어라. 저 오븐이 뜨겁게 달궈지기 전에 멋진 케이크를 만들어! 우리 생쥐들에게도 크리스마스 파티가 있지! 파티다!
하수인들	(앵무새처럼) 파티, 파티, 파티!

*생쥐대왕의 노래-제목: 파티가 좋아!

나는 나는 파티가 좋아, 파티가 좋아!

내가 물에 들어가면 물이 썩고,

내가 국에 빠지면 쉰내가 나지!

내가 과수원엘 가면 사과가 떨어지고

내가 파티에 가면 그야말로 난장판!

생쥐대왕	아가야, 케이크를 하나 구워다오. 맛있는 케이크를 구워주면 널 안 갈아먹지.
말 희	호두까기인형은?
생쥐대왕	케이크에 호두가 들어가면 맛있지! 그렇다면, 호두까기

인형이 들어가면 오죽 맛있을까? 크크크.

말 희 　　　　악당!

　　　　　　　(생쥐대왕에게 덤비려하자 하수인들이 달려들어 저지한다)

생쥐대왕 　　　얼른 해!

　　　　　　　(말희는 하수인들에 의해서 제빵사의 모자와 앞치마, 장
　　　　　　　화 등으로 꾸며진다. 생쥐대왕, 채찍을 휘두른다)

생쥐대왕 　　　서둘러! 잘못하면 케이크를 굽기도 전에 호두까기 병정
　　　　　　　놈이 숯이 되어버린단 말이야.

　　　　　　　(호두까기 인형, 오븐 속이 더운지 연방 땀을 닦고 있다)

호두까기인형 　난 괜찮아요, 아가씨. 어서 케이크를 만들어요. 어서! 아
　　　　　　　가씨라도 목숨을 구해야죠!

　　　　　　　(말희는 울면서 눈물로 케이크 반죽을 하기 시작한다)

생쥐대왕 　　　(구석에 돌아서서 시침 떼고 진열장 속 인형노릇을 하고

있는 발레리나 인형에게 다가가서) 발레리나 아가씨, 아
리따운 아가씨께는 파티의 흥을 돋궈줄 춤 한 곡을 정중
히 청하는 바이오.

발레리나 인형 할 수 없군요. 내 아름다움을 알아주는 당신을 위해-

(호두까기인형 쪽을 바라보며 하는 수 없다는 듯 손을 흔
든다. 발레리나 아가씨 거울 앞에서 자신의 모습에 빠져
홀로 춤 연습을 한다)

생쥐대왕 자, 구워라. 맛있는 케이크를! (채찍을 휘두르며) 맛있는
케이크를 구우려면 어떻게 하지?

하수인들 (합창) 빨주노초파남보! 빨주노초파남보!

생쥐대왕 그렇지, 일곱 빛깔 케이크를 만들자.

(말희, 울상으로 고개를 끄덕인다. 다음 장면은 백댄서와
랩가수의 노래마당처럼 연출된다. 거품기와 주걱 등 빵 만
드는 도구들은 마이크와 악기가 되어 흥을 돋울 것이다)

하수인1 빨!

말 희 (거품기를 휘저으며 울상으로) 빨하면 빨간… 버찌!

하수인1 빨!

하수인3	빨하면 모기 눈깔!
하수인1	주!
말 희	주황색 오렌지!
하수인 2, 3	(체머리를 흔들며) 주황색은 비단 개구리 가죽이지!
하수인1	노!
말 희	노랑은 노란 복숭아-
하수인 2, 3	(윽박지르듯) 노랑은 노란 도마뱀이 뱉는 가래침! 캬-악!(침 길게 뱉는 시늉)
말 희	으-웩!

(케이크 만들기 랩이 계속되는 동안 생쥐대왕은 탐욕스럽게 호두알을 까먹다가 호두 자루 속으로 아예 들어간다. 호두자루, 마치 마법의 자루처럼 부르르 일어나더니 생쥐대왕의 몸을 순식간에 삼켜버린 것처럼 보인다. 자루에서 바깥을 향해 휙휙 던지는 호두껍데기 떨어지는 소리로 미루어 생쥐대왕이 자루 속에 있나보다 짐작할 뿐이다)

하수인1	초!
말 희	초록은 초록 키위!
하수인 2, 3	(고개를 흔들고는) 초! 초록은 개구리가 싸지른 똥!
하수인1	파!

말 희	파, 파, 파하면…(잘 생각이 안나는 듯 하다가, 하수인 3이
	윽박지르자) 파란 젤리!
하수인 2, 3	(코웃음 치며) 파, 파리의 파리한 뒷다리! 맛없어, 웩.
하수인 1	남!
말 희	남색은 베리
하수인 2, 3	남색은 남색 쥐며느리- 발발발 그늘에 숨지.
하수인 1	마지막- 보라!
말 희	보라 하면 (손바닥을 짝 치며) 보랏빛 포도!
하수인 2, 3	(혀를 차며) 보라는 보랏빛 지렁이- 내 장화에 멍들어.
합 창	빨주노초파남보
	빨주노초파남보
	쥐들의 크리스마스!
	벌레들 뭉쳐 케이크를 만들자!

(하수인들 신나서 자신들만의 케이크 노래를 번갈아 부른다)

하수인들 1, 2, 3 (번갈아서) 빨! 빨강하면 모기 눈깔. 주! 주황하면 비단 개구리! 노! 노랑하면 가래침! 초, 초록색 똥! 파, 파리 뒷다리! 남! 남색 쥐며느리! 보! 보랏빛 지렁이! 빨주노초파남보, 빨주노초파남보 비벼비벼 비벼서, 섞어섞어 섞어서 꾸울꺽! 생쥐나라 케이크는 다른 맛이야.

말 희   으웩-!

하수인1   안 되겠다. 재료가 너무 부족해. 더 꺼내와야겠어.

하수인3   부지런히 만들어!

말 희   네-

(하수인들, 쥐구멍으로 사라진다. 말희는 생쥐들이 사라
진 틈을 타서 오븐 속에 갇힌 호두까기인형 쪽으로 다가
간다)

말 희   호두까기 인형님, 어떡해요? 어떡해!

호두까기인형   아가씨, 울지 마세요. 난 괜찮아요. 아, 좀 덥네! 난 행복
하게 이 세상과 이별할 수 있어요. 열심히 내 할 일을 했
으니까요. 기뻐요, 아가씨를 위해 떠날 수 있어서…. 난
아주 인색한 아이였죠. 친구랑 식구들에게 무엇 하나 주
는 법 없고, 받는 것, 시키는 것만 좋아했지요. 어느 크리
스마스날 밤 난 마법에 걸려버렸어요. 호두까기인형이
되어버린 거예요. 모두들 내 커진 입을 보고 웃어댔죠. 그
날부터 난 호두를 까야 했답니다. 단 한 입도 못 먹고, 그
고소한 호두를 남의 입에 넣어줘야만 하는 천벌을 받은
거죠. 모두 절 놀려댔지만 아가씨만큼은 저를 가여워 해

주셨어요. 아가씨를 위해 싸우다 이렇게 되었으니 전 기
뻐요. 아가씨 생각을 하면서 이 오븐 속에서 기쁘게 타오
르겠습니다. …잠시라도 아가씨의 호두까기인형이어서
행복했어요.

말 희   안 돼요, 왕자님! 기다려요! 내가 꼭 구해줄게요. 생쥐대
             왕 손에서 구해낼게요. 발레리나 아가씨, 이것 좀 꼭 잡고
             있어요. 시간이 안 가게 꼭 좀 잡고 있어줘요. (오븐의 타
             이머를 잡고 늘어진다)

             (발레리나 인형, 얼결에 타이머를 잡아 쥔다)

말 희   생쥐대왕을 혼내주겠어요. 꼭 해내고 말겠어요.
발레리나 인형   너 같은 겁쟁이가?

             (말희는 여장사처럼 찬장을 밀어 쥐구멍을 막는다. 그리
             고 씩씩하게 밀가루로 반죽을 하기 시작한다)

*말희의 노래-제목: 껍질을 깨자!
             두려워 마! 무서워 마! 껍질을 깨자!
             겁먹지 마! 도망치지 마! 껍질을 깨자!

호두까기인형이 껍질을 깨듯
나도 겁쟁이, 울보, 떼쟁이 껍질을 깨자!

(반죽을 가지고 무언가 만드는 말희, 밀가루를 솔솔 뿌려
모양을 굳혀 놓고, 보자기로 씌운다. 그리고 호두자루에
묻혀 잠자는 생쥐대왕을 발로 찬다)

말 희　　　　나와! 이 욕심쟁이 토할 것 같은 입맛을 가진 대왕 생쥐야.
생쥐대왕　　뭐라고?

(생쥐대왕 화가 나서 자루에서 솟구치듯 나온다. 그 서슬
에 호두알이 몇 알 바닥으로 굴러 떨어지고 말희는 호두
알을 집어 생쥐대왕을 향해 힘차게 던진다)

생쥐대왕　　아야!

(말희는 얼굴을 감싼 생쥐대왕을 향해 돌격해서 생쥐대왕
의 꼬리 채찍을 잡고 한 바퀴 도는데… 비틀대는 생쥐대왕.
말희는 얼른 자신이 만든 케이크 반죽의 보자기를 벗겨 생
쥐대왕의 코앞에 휙 들이민다. 케이크는 바로 큰 고양이
머리모양이었다! 생쥐대왕, 겁에 질려 찌익 우는데 이때

말희, 고양이 머리 케이크를 생쥐대왕 얼굴에 던진다. 생쥐대왕 혼비백산 해 자루 속으로 기어들고… 말희는 얼른 기회를 놓칠 새라 자루 주둥이를 꽁꽁 묶는다. 발레리나 아가씨는 이 광경을 손에 땀을 쥐고 바라보다가 그만 타이머 위에 놓인 손이 미끄러지고 만다. 순간 타이머 재빠르게 돌아가는 소리 들리고 오븐 안이 환해지면서, 호두까기 인형에 불이 붙는 듯…. 말희, "안 돼!" 하는 순간 암전)

(어둠 속 소리들이 겹쳐진다. 수군수군)

이 모   왜 이리 난장판이야. 세상에. 불 좀 켜봐!

장 수   난리 났네.

이 모   장수야, 호두자루 좀 찾아봐라!

장 수   이모, 여기 빈 자루뿐인데?

이 모   세상에, 쥐들이 밤새 물고 갔나보다.

장 수   어떡해, 이모.

이 모   얘는 또 왜 여기 안에서 자는 거야? 이봐요, 이봐! 한철씨!
        (한철, 오븐 속에서 부스스 깨어 나온다)

한 철   날이 밝았네-. 아유, 포도주를 먹다가 취해서 그만. 여기
        가 따뜻하잖아요

영 아   한철씨! 한철씨! 어디 있었어?

한 철	어, 여기. 어? 빵모자가 탔잖아? 이상하다…… .
영 아	한참 찾았단 말이야. 이모님, 호두알은요? 호두알은 있어요?
이 모	몰라, 그 많던 호두알이 다 어디로 갔을까? 쥐들이 물어갔나 봐.
영 아	버터냄새랑 크림 냄새에 홀려서 작업장에 쥐들이 많이 돌아다니는데!
한 철	흐이구, 징그러!
영 아	호두알이 없어서 어떡해요, 그럼? 이모님 계획도 다 틀린 거네요?
이 모	아, 지금 언니한텐 그게 제일 약인데…. (쓰러진 말희를 발견한다) 말희야, 말희야. 여기서 자면 어떡하니? 감기 걸린다!

(한철, 말희를 안아 일으킨다. 이때 말희 손과 주머니에서 호두알이 굴러 떨어진다)

영 아	어? 호두알이에요!
한 철	야, 말희가 호두알을 지켰구나.
영 아	호두를 까야죠? 어떻게 하지? 호두까기인형이 망가져버려서… 망치가 어디 있더라? 장수야, 망치 어디 있니?
장 수	왜요?

영 아	호두알 까야지.
장 수	호두알은 호두까기인형이 까야죠.
영 아	웬일이니? 넌 망치로 쾅 내리치는 걸 좋아하잖아
장 수	힘은 아무 때나 쓰는 게 아니야. 우린 호두알맹이가 통째로 필요하다고! 호두까기인형 줘봐. 내가 고쳐볼게. (호두까기인형을 이리 저리 살핀다)

(말희, 잠에서 깨난다. 장수 품에 호두까기인형이 들려있자 화들짝 놀라 내려선다)

말 희	안 돼!
장 수	왜 이래? 고치는 중이야.
말 희	이리 줘! (이리저리 인형을 살피고는) 어? 불에 안 탔네?
장 수	무슨 소리야? 너, 몰래 불장난 했구나! 이 오줌싸개! (호두까기인형을 나꿔 채 도망가며) 오줌싸개, 오줌싸개!
말 희	인내! 내 호두까기인형이란 말이야.
장 수	(호두까기인형을 쥐고 흔들며) 네 거라고? 이 못난이가 네 왕자님이라도 된단 말이냐?
말 희	내놔! 어서 달란 말이야.
장 수	이 오빠가 고쳐준다니까! 이래 뵈도 우리 반에서 이 오빠가 조립왕이란 말이야.

332

(장수는 찬찬히 호두까기인형의 턱관절 나사를 조여 주고 건들거리는 다리를 짜맞춰준다)

한 철   아야야야 (장난으로 아픈 시늉을 한다)

이 모   제법인데!

(인형의 턱이 꽉 맞물렸는지 확인한다)

장 수   호두까기인형아, 잘 부탁한다. 고소한 호두알을 쏘옥 잘 빼내다오.

이 모   (호두까기인형 입에 호두알을 물리고는) 자, 장수야. 네가 해봐! 이번엔 힘 조절 잘 하시고- 딱!
          (호두까기인형 제대로 호두알을 깐다. 또로로 온전히 굴러 떨어진 고소한 호두알)

한 철   야, 신기하네- 이거 좀 봐.

영 아   뭔데?

한 철   호두알이 반 딱 갈라졌잖아, 근데 하트 모양이야!

영 아   정말?

한 철   어! 야, 정말 신기한데?

이 모   우리가 필요한 게 바로, 하트지! 얼른 여기 틀 안에 넣어.

	자, 준비한 반죽을 붓고-. 언니랑 형부랑 나오기 전에 얼른 해치우자고!
한 철	예! 제가 호두과자 만드는 법은 제대로 배웠거든요. 사장님도 젊은 날 요걸로 하하하하하-(영아에게 눈을 찡긋한다). 자, 마법의 오븐이여, 돌아라! (오븐의 스위치를 켜고 타이머를 돌린다)
말 희	뭐 하는 거야?
이 모	응, 찢어진 하트를 감쪽같이 붙여놓을 마법의 약 만든단다!
영 아	과자가 구워지는 동안 우리는 뭘 하지?
이 모	청소나 합시다!

(모두 합심해 청소를 시작한다)

*함께 노래-제목: 한밤의 꿈은 이제 그만!

한밤의 꿈은 이제 그만!

잔치는 끝나고, 남은 건 졸음!

무슨 상관이야 새로운 꿈을 꾸면 되지.

또 다시 파티를 여는 거야.

내년에 크리스마스는 또 다시 우릴 기다리고,

비 그치면 내일은 내일의 태양이 뜨네.

(오븐, 마법처럼 하트모양의 불이 들어오고, 반짝 빛을 내면 어느 순간 '땡!' 하고 오븐 타이머 멈추는 소리)

모 두   다 됐다!
(암전 된다)

(정적 가운데 엄마, 코트 차림으로 큰 트렁크를 들고서 마지막으로 작업장을 둘러보기 위해 들어선다. 엄마, 그리운 듯 이것저것 쓰다듬는다. 아쉬움과 쓸쓸함이 역력하다. 문득 작업장 테이블 위에 놓인 자신이 쓰레기통에 버린 보석함을 발견한다. 보석함을 살며시 손바닥 위에 얹는다. 문득 보석함의 뚜껑을 여는데 그리운 오르골 소리…, 보석함엔 호두과자 한 알이 비로드 방석 위에 진주처럼 담겨 있다)

엄 마   웬 호두과자야?

(엄마의 기억 속으로 행복했던 순간이 지나간다. 덜컹덜컹 기차 소리, 경적 소리. 환청처럼 무대를 채우면 아빠의 젊은 날 목소리 들려온다)

엄 마	(젊은 날의 엄마로 돌아가서) 웬 호두과자?
아 빠	(소리만) 지난 밤, 내가 직접 구운 거야. 당신을 위해. …인생에서 고소한 것만 당신에게 주고 싶어. 나와 결혼해주겠소?
엄 마	………. (다시 현재로 돌아와서, 눈물이 비치는지 고개를 돌린다. 천천히 호두과자를 한 입 베어 무는데 문득 놀라 남은 과자를 손바닥에 조심스럽게 내려놓는다) 반지가 있네?

(아빠, 이모 손에 등 떠밀려서 못이기는 척 등장)

아 빠	여보, 미안해! 살면서 고소한 것이 그냥 찾아오지 않는다는 걸 알았어. 이 호두알만 해도 정말 그렇지? 칠팔년이 되어야 첫 수확을 하고, 딱딱한 호도 열매의 껍질을 벗기려고 삭히는 데만 해도 시간이 꽤 걸리지. 고소한 알맹이를 얻기 위해 한 겹 또 한 겹 껍질을 깨야 하고, 오래 참고 기다려야 고소한 맛을 볼 수가 있지. …여보, 우리들 행복도 그런 것 아닐까?

*아빠의 노래 -제목: 우리들 가슴속엔

우리 가슴속엔 누구나 호두까기인형 하나 있지.

힘든 일 닥쳐와도 용기 있게 딱!

괴로운 일 덮쳐 와도 웃으며 딱 딱!

첫 번째 어려움, 두 번째 어려움, 다 이기고 나면

고소한 행복의 맛이 기다려.

우리 가슴속엔 누구나 호두까기인형 하나 있지.

힘든 일 닥쳐와도 용기 있게 딱!

괴로운 일 덮쳐 와도 웃으며 딱딱!

우리 가슴속엔 누구나 호두까기인형 하나 있지.

(엄마, 손가락에 낀 결혼반지를 만지작거린다. 아빠, 엄마
의 손을 더욱 꼭 쥔다. 암전)

1년 뒤

크리스마스 종이 울리고 크리스마스 캐럴 극장 가득 울려
퍼지면 무대 한쪽 창 앞에 등이 켜진다. 동화에 나올 법한
자그마하고 예쁜 가게, 눈이 펑펑 내리기 시작한다. 말희
네 가족들의 밝은 목소리

소 리   "호두과자 사세요. 고소한 호두과자요. 호두까기인형이

주고 간 선물, 호두 알맹이가 듬뿍 들었답니다. 힘들면 딱, 슬프면 딱, 호두까기인형처럼 웃으며 딱 딱! 고소한 호두과자 드시고 고소하게 웃으세요."

(영아와 한철, 다정한 연인이 되어 호두과자 봉지 속에 손을 넣고 포옹하며 걸어지나간다)

한 철   (다시 등장해서) 아유, 배불러서 더 이상은 못 먹겠어요.

이 모   (소리만) 왜 이래, 지금 광고 중인 거 몰라? 실감나게! 맛나게! 고소해서 너무 너무 행복하다는 듯이!

영 아   아 (입을 벌리라는 시늉)

(한철 울며 겨자 먹기로 호두과자를 받아먹는다)

이 모   호두과자 드세요. 크리스마스가 더욱 행복해진답니다!

(말희와 장수, 눈뭉치를 굴리며 깔깔 뛰어다니고, 영아와 한철, 호두과자를 봉지에서 꺼내 서로 입에 넣어주고… 이모와 엄마는 오븐에서 쟁반을 꺼내 호두과자를 봉지에 담는다. 멀리 환영처럼 아빠의 모습 떠오르면 말희, 장수, 엄마, 이모, 한철, 영아 모두 손을 흔든다)

아 빠 여보, 나 잘 있어. 열심히 일하고 있어. 조금만 기다려, 곧 함께 모여 살 수 있을 거야.

(무대 뒤편으로 큰아버지 검은 우산을 받치고서 밝은 곡에 맞춰 무대 좌에서 우로 지나간다)

*모두 노래- 제목: 호두과자 드세요.

호두과자 드세요
고소한 호두과자요
호두까기인형이 주고 간 선물
호두 알맹이가 듬뿍 들었답니다
힘들어도 딱, 슬퍼도 딱
호두까기인형처럼 웃으며 딱딱
고소한 호두과자 드시고 고소하게 사세요

-막-

그림자의 눈물

초판 1쇄 발행 2021년 11월 29일
지은이 장성희
펴낸이 반송림
펴낸곳 도서출판 지혜
주 소 34624 대전광역시 동구 태전로 57. 2층
　　　　　　　　　(삼성동, 도서출판 지혜)
전 화 042-625-1140
팩 스 042-627-1140
전자우편 ejisarang@hanmail.net
애지카페 cafe.daum.net/ejiliterature

ISBN : 979-11-5728-458-0 03810
값 : 15,000원